Chara

愛する

菅野 彰

キャラ文庫

この作品はフィクションです。
実在の人物・団体・事件などにはいっさい関係ありません。

目次

口絵・本文イラスト／高久尚子

「ホルベインの二十四色！」

都下の二階建ての洋館といえば聞こえはいいけれど、古く床の軋《きし》む一階の絵画教室のアトリエで、小鳥井由多《ことりいゆた》は喜びを隠せずに珍しく大きな声を立てて油絵の具の名前を口にした。

イーゼル前の椅子《いす》から由多が立ち上がった、油絵の具を溶かすためのテレピン油の匂いが立ちこめる三月初めの夕方のアトリエは、ストーブの火が消えていて寒い。

寛《くつろ》ぐには古いソファや様々な静物が置かれた部屋は天井が少し高く、立て付けの悪い白縁の窓を冬の終わりの風が揺らした。

「せっかく東慶藝大《とうけいげいだい》に合格したんだから、ルフランにでもしようかと思ったんだけど……普段使ってるメーカーがいいかと思ってな」

由多より少し目線の高いところから穏やかに笑う桐生凌《きりゅうりょう》は、まだ二十八歳だけれどこの桐生絵画教室のオーナーであり、ただ一人の教師だった。一階の奥にキッチンがあり、二階に二部屋がある思いの外庭の広いこの洋館で、一人で暮らしている。

「ホルベインが嬉《うれ》しいよ。しかも二十四色なんて、初めて」

開けてみてと言われた紙袋の中に入っていた油絵の具を何度も眺めて、凌と向き合って由多は大きく笑った。

「本当は由多は、混色もきれいにするから十二色で充分だけど。これはお祝いだから、特別だ」

「ありがとう、先生」

繰り返し絵の具を眺めて、由多は十二歳のときから六年間、先生と呼び続けている凌に礼を言った。

「寂しくなるな。藝大生になったら、さすがにここは卒業だ」

少しだけ癖のあるやわらかい由多の髪を、昔はよく撫《な》でてくれた凌は最近もうそれをしてくれない。

色の薄い由多の髪と対象的に黒髪をほんの少し長く落とした凌は、由多が両親の薦めで絵画教室に入った年に、二十二歳で祖父からこのアトリエを受け継いでいた。

父親は有名な洋画家だと由多の両親は言ったが、その話を凌から聞いたことはない。

「藝大の受験だって、あれほどちゃんとした予備校に行けって言ったのに。町の絵画教室から受かった学生なんていないだろ?」

高校生になって何度も言われていた言葉に、由多は苦笑した。そもそも凌の教室に、高校生は由多ただ一人だった。後は子どもばかりだ。

入りたての頃、由多がそうであったように。

少し襟《えり》元の開いた、きちんとした形のグレーのシャツが端正な体の線をなぞる凌は、出会った時から由多には手が届かないほど大人に見えた。

何しろ由多はやっと制服を脱いで、まだ母親のお仕着せの白いセーターを纏《まと》っている。姿は十二の頃より、大分大人びたつもりでいたけれど。遠かった目線も、今は凌に近づいている。

「だけど先生の母校だし。先生に習ったから、受かったんだよ。僕」

大きな窓に、庭の伸び放題の枝が当たって音を立てた。

「由多の実力だ」

低く癖があるけれど由多にはいつでもやさしい声で、凌は笑った。

「夜はまだ冷えるから、そろそろ私物をまとめなさい」

藝大に合格して入学も決まり、由多が今度こそは絵画教室を卒業すると決めて掛かって、凌は私物を取りに来るように言って来ていた。

「そんなに、ないよ。画材はもう持ったから大丈夫」

置かせてもらっていた、大学でも使うことになるだろう慣れた画材を、由多はもうしまっている。

「この絵は？」

大きくはない油絵を一枚、凌は手に取った。

「それは……」

わざと持たなかったその絵は、由多が初めて仕上げた油絵だった。

中学三年生のときだった。傍《かたわ》らにずっと凌がいてくれて、色の選び方、混ぜ方、乗せ方を丁寧に一つ一つ教えてくれたのだ。

由多にはとても大切な、朝を見渡す町を描いた。

「先生に貰《もら》って欲しい」

控え目に、由多がその願いを告げる。

「先生と、初めて描いた絵だから」

「由多が描いたんだよ。俺は教えただけだ。一筆も入れてない」

何故だかそれがとても重要なことであるかのように言い置いて、凌は絵をイーゼルに立てると、随分長く愛しげに眺めていた。

「どんな世界より、由多の絵はきれいだ」

ふと、独り言のように凌が呟《つぶや》く。

「大袈裟《おおげさ》すぎるよ、先生」

青を基調に幾重にも色を重ねた明け方の空を、由多も凌の隣に立って眺めながら笑った。

黒を、由多は決して使わない。十二色の絵の具を買うと、それだけが絵の具入れに残った。

「これから由多は藝大生になって、今まで言われたことのないようなことを、言われるかもしれない」

意味の取れないことを、凌が由多に告げる。

「どんな？」

無邪気に、由多は尋ねた。

その笑顔を何故だか凌は、痛ましげに見ている。

「どんなときも、これだけは忘れないでくれないか？」

いつも由多にやさしい凌が、ふと真顔になった。

「由多の絵は、本当にきれいだ」

「どうしたの？　先生」

「それだけ絶対忘れないって、約束してくれ。由多」

不思議そうになおも笑う由多に、凌が小指を差し出す。

自然、小指が伸びて由多は凌と指切りをした。

「先生……こんなの、永遠のお別れみたいだよ」

不安が込み上げて由多が、指切りをゆっくりと解いて凌を見つめる。

「今までのようには、会えなくなるから」

当然のように言って凌は、穏やかに笑った。

「いやだ」

覚えず由多が、大きく首を振る。

「先生」

胸に滞らせている言葉を、由多は必死で呼んだ。簡単には告げられない思いを、由多は今日持って来ている。

「どうした」

それでも、尋ねられて由多は意を決して口を開いた。

「僕、絵画教室やめたくない」

十も年上の凌に敬語を使わないのは、本当は由多らしいことではない。

「なんだ、駄々か？」

揶揄《からか》うように笑う凌が、由多が一番揺れていた時期に、畏《かしこ》まらなくていいよと言葉を砕くように言ってくれたのだ。ここに通うようになって、間もなくのことだった。

「今まで通り週に一度、先生の絵を描きに通わせてください。もちろんお月謝もちゃんとする。バイトも始めたし」

「由多」

仕方がなさそうに凌が、息を吐いて窓辺に背を預ける。

「大学では、人物のデッサンも必ずある。これからたくさんのことを吸収する由多に、もう俺の教室は必要ないよ」

たった今大きな約束をくれたのに、凌にしてはきっぱりと、由多の申し出は断られた。

「でも」

嘘が得意ではない由多は、少しの言い訳ももっともらしい理由も、用意していない。

「好きなときに、いつでも遊びに来たらいい」

通り一遍の言葉を掛けられて、由多は強く首を振った。

「先生の絵を、描きたい。先生にまだ、習ってないことたくさんある。僕は先生に絵を習いたいよ」

それこそ駄々としか聞こえない言いようで、声もまだ何処《どこ》か幼い由多が願いを重ねるのに、凌が困ったように息を聞かせる。

「六年もここに通ってたんだ。心細いかもしれないけど、いずれ大学にも慣れる。講義や制作に没頭したら……大丈夫だ。先生のことなんか、すぐに忘れるよ」

「そんなことない！」

残酷な言葉をやわらかく吐いた凌に、由多は覚えず全くらしくなく声を荒らげた。

「そんなこと、絶対ない。僕がここでの時間、どんなに大切だったか……僕には先生が、どんなに支えだったか」

「……由多」

溢《あふ》れ出す由多の訴えを、咎《とが》めるように凌が遮《さえぎ》ろうとする。

「わからないの？　先生」

絵の具の入った紙袋を抱きしめて、由多は酷《ひど》く切なくなって、凌を少しだけ責めた。

「環境が変わるのがそんなに不安なのか？」

さっき指切りをくれた凌はそれきり、いつものようにちゃんと由多の声を、何故だか聞いてくれない。

「そうじゃないよ、僕は」

偽ることを、由多はまるで得意としなかった。

自分の一番多感だったといえる時期を含めて六年支えになってくれた凌と、別れになるかもしれない今日という日に、本当は告げたいことがある。

「由多、本当にいつ遊びに来てもいいから」

「僕は、先生が好きです」

話をしまおうとした凌の言葉を止めて、由多は告げた。

言えるのなら、言おう。

そう思っていた言葉は、あまりにもすんなりと由多の唇を離れて行った。

長いこと胸に飼い続けたあたたかな何かが羽根を伸ばしていくように、由多は自分の思いを見送った。

「子どもの頃から、ずっと先生が好きでした。相手にしてもらえるわけなんかないって……僕は何より男だし、子どもだったし。それはわかってるけど、でも」

一番言いたい言葉を、大切に唇に乗せる。

「先生のそばにいたい」

胸にあるもの全てを、由多は凌に渡した。

「今でも、由多は子どもだ」

拙《つたな》いけれど精一杯の告白に、ようやく凌が、聞こえてはいることを教える。

不思議に、きっと困らせると由多が案じていた通りの顔を、凌はしていなかった。

「四月からもう、大学生だよ」

何か、その凌の顔は、今まで見たことがないくらい、由多には怖い。

「せめて、週に一度、絵画教室を続けさせて欲しい」

初めて見る凌の、読み取れない冷たいまなざしに、心細く由多の声が弱った。

「僕は、先生がいなかったらこんな風に立ってさえいないかもしれない」

大きな溜息《ためいき》を、凌が吐く。

六年の間、一度も自分を叱《しか》らなかった凌が明らかな拒絶を見せるのに、由多は唇を噛《か》み締めた。

「……あれほど予備校に移りなさいと、言ったのに」

答えにならないことを、独り言のように呟く。

黙り込んでしまった凌に、由多はある程度覚悟はしていたけれど、自分には凌への思いしかないことにも気づいた。あまりにも絶望が深すぎて。

「もう子どもじゃ……ないよ。先生」

それでもそれだけを、凌に伝えるのが由多には精一杯だった。他に、凌に受け入れられるものはまだ、何も持っていない。

「最近」

そのまま永遠に黙り込んでしまうかに見えた凌が、溜息交じりに口を開いた。

「随分大人っぽくなったとは、思ってたよ。いつまでも俺の中では十二歳で止まってたけど」

降りて来た髪を、凌が鬱陶《うっとう》しげに掻《か》き上げる。

「由多が大人になったことには、気づいてた」

一瞬、まるで顔が見えないほど深く凌は俯《うつむ》いた。

やがて長い指を孕《はら》む凌の右手が、由多の頬《ほお》に触れる。

掌《てのひら》で凌の体温を知って、以前は気軽に撫でてくれた凌が、こんな風に自分にちゃんと触れるのが随分と久しぶりだと由多は改めて気づいた。

熱の低い凌の肌が、酷く懐かしい。

「……先生?」

少し背を屈《かが》めて、首を傾けて凌は、由多の薄い唇に唇を重ねた。

「……っ……」

ただ驚きに、由多の目が見開く。

腰を抱かれて、なお深く唇を合わせられそうになって、由多は息を詰まらせた。

「……こういうこと？　由多」

口づけというものだと由多が気づくより早く凌はそれを解いて、尋ねる。

声が出なくて、由多はただ目を瞠《みは》った。今まで凌の唇が触れていた自分の唇に、そっと触れる。もう離れてしまった寂しさに気づいて、由多は小さく頷《うなず》いた。

「……ちゃんと？」

撓《たわ》む由多の髪を、そっと凌の掌が抱く。

「そんなにきつく唇を噛んでたら、ちゃんとしたキスもできないよ」

くすりと笑った凌に、由多は訊《き》いた。

「由多は、初めてなのか？　キス」

耳元に、由多が問われる。

「……初めて、だよ。だって僕、なんでも全部、先生に話したでしょう？」

「好きな子の話だけ、聞いたことがなかった」

「それは」

額に額を寄せられて、由多は一人では立っていられずに、右手で凌のシャツにしがみついた。

「僕の好きな人は、先生だったから」

打ち明ける声が、震える。

「ずっと？」

窺《うかが》うように、凌は訊いた。

「ずっと」

なんとか声にして、はっきりと由多が答える。

「……いけない子だな」

初めて注がれる言葉とともに、もう一度由多は、口づけられた。

さっき言われたことを思い出して、唇を少し緩めると、深く凌の唇が重なる。

感じたことのない熱さが、由多の肌の内側に籠《こ》もった。足下もう覚束無《おぼつかな》くて、何もかもを凌に預けたくなる。

初めてのキスが、初恋の人とのキスになった。

その胸を掻く思いは、言葉になど尽くせはしない。

「ん……っ」

左手に辛《かろ》うじて持っている絵の具の入っている紙袋を、由多は取り落としてしまいそうだった。

けれどそれは、絶対に落としてはならないものだ。

凌に貰ったとても大切な二十四色のホルベインを、由多は決して落としたりしない。

絵画教室に通い続ける約束を凌として、由多は同じ町にあるファミレスに向かった。凌に教えた通り、始めたばかりのバイトのシフトが入っていた。

ずっと好きだった人に、口づけられ抱きしめられて、本当はもっと凌のそばにいたかった。由多は本当に、凌が好きで堪《たま》らない。

けれど一方で、思いもしない応えを与えられて、驚いて居たたまれず逃げ出してきたようなところもある。

どちらにしろ足下が、酷くやわらかく感じられた。

それでもなんとか目の前のことに集中して、まだ慣れないけれどファミレスの厨房《ちゅうぼう》で、由多は皿を洗っていた。

夕飯時なので、仕事が絶えない。その傍ら、ロッカーにある二十四色のホルベインのことを、由多は時々思った。

「小鳥井、ホールヘルプ入って」

「え?」

不意に、厨房に顔を出したチーフに、ホール用のエプロンを渡されて戸惑う。

「でも、僕」

「研修で一通りやっただろ? 今日女子に二人休まれて、ホールが足りないんだ。入って」

有無を言わせぬ声で言われて、由多は躊躇《ためら》いながら手を拭《ふ》くと、エプロンを着け替えた。

基本、由多は厨房の皿洗いでバイトに入っていた。ホールはほとんど女性なのもあるが、面接でホールには向いていないから厨房担当だとはっきり言われている。

初めての接客に、少し緊張して由多はホールに出た。

「なんだよ、今日ホールなのか?」

忙しく動いていた中学からずっと一緒の桂木《かつらぎ》永遠《とわ》が、驚いたように由多を見た。

「うん。女の子が休んだから、出てって言われて」

永遠と由多は高校も一緒で、大学で進路が別れた。都内の経済学部に永遠は進学して、春休みから地元でバイトをしないかと由多を誘ってくれたのは、永遠だった。

「大丈夫なのかよ?　俺二人分ぐらい働けんぞ」

「一応、研修受けてるし。人が足りないんだから、がんばるよ」

笑った由多を永遠は明らかに不安そうに見ていて、注文に呼ばれたら自分がと、行ってしまった。

ホールを見回して、由多はできることからしようと、済んでいると思《おぼ》しき皿を習った通りの断りを入れて下げて回った。

何故自分がホールに向いていないのか、正直由多にはちゃんとはわからなかったけれど、そういう類《たぐ》いのことを言われることには慣れている。

ふと、少女の咳《せ》き込む声が聞こえた。

目をやると禁煙席で、四人の青年が煙草《たばこ》を吸っていた。

「おい、由多！」

自然のことのようにそちらに足を向けた由多を、永遠が呼び止めたが遅い。

「お客様、こちらは禁煙席になっておりますので、喫煙はご遠慮ください」

アクセサリーを沢山つけた青年達が、一斉に由多を睨《にら》んだ。一人はまだ三月だというのに纏っている半袖《そで》から伸びた腕に、派手なタトゥーが剝き出しになっている。

「喫煙席空いてねえんだから、しょうがねえだろ」

酒も入っていて、青年は由多に煙を吹きかけた。

律儀に、喫煙席を由多が振り返る。喫煙席は確かに埋まっていた。

「でもこちらは禁煙席です。他のお客様のご迷惑になります」

強く睨まれて、由多が一瞬、青年のタトゥーを見る。昆虫の擬態のようだと、鮮やかな模様を眺めた。腕が人を威嚇《いかく》している。

「なんだよ、珍しいのか」

「はい」

問われて、思ったまま由多は頷いてしまった。

「見てんじゃねえよ」

苛立《いらだ》って青年が、ますます顔を顰《しか》める。

「見せたいのかと、思いました」

そうではないのかと、由多は真顔で言ってしまった。

「なんなんだよおまえ、ムカつくな！」

「すみません、お客様」

立ち上がった青年と由多の間に、割って入ったのは永遠だった。

「喫煙席が空きましたらご案内いたしますので、こちらのお席でのお煙草はご遠慮ください」

やわらかいが有無を言わせぬ永遠の殊更丁寧な言葉に、青年が顔を顰めて椅子に座る。

最近また伸びた永遠の背が、由多には酷く大きく見えた。

「空いたらすぐ呼べよ」

つまらなさそうに言って、青年達が渋々と煙草を消す。

永遠に背を軽く押されて、慌てて由多は頭を下げた。

「注意するなら、俺を呼べよ」

立ち去りながら永遠が、由多に小声で苦言を吐く。

「禁煙席なのにと、思って」

「ホール今日初めてだろ？　俺じゃなくても、ああいうイレギュラーなときにはとりあえず誰かにどう対応すんのか訊け！」

「ごめん、僕も……永遠みたいにちゃんと、したいんだけど」

強く言われて由多は、自分のやり方がよくなかったことだけはわかったが、じゃあどうしたらいいのかはわからず声を落とした。

「……別に、おまえが悪いワケじゃねえけど。ああいう手合いは何すっかわかんねえだろ？　そういうことも、考えろよ」

落ち込んだ由多に永遠がすぐに気づいて、口調を緩める。

「おまえが悪いって話じゃねえんだよ。あぶねーからもっと気をつけろって話な？」と、永遠は由多の目を覗き込んで、少しきつい印象だけれどよく整った顔で笑った。

「ありがとう。今度から、もっと考えるよ」

「上がったら一緒に帰ろうぜ」

気を取り直せと背を叩《たた》かれて、ようやく由多も笑う。

こういうことは、由多にはしょっちゅうだった。落ち込むことはあるけれど、傷つき果ててしまうことはない。

六年もの間凌に育まれた由多の心は、簡単には揺らがず、傷つかずにいられた。

夜も更けた往来を、由多は永遠と並んで歩いていた。手にはお互い、温かい缶コーヒーが握られている。さっきは怒って悪かったと、永遠が由多の分も買ってくれた。

助けてくれたのは永遠なのにと、一頻《ひとしき》り二人は自動販売機の前で揉《も》めたが、由多は永遠の強引さには敵わない。

「またホール、当たらないといいなあ」

ロッカーに大切にしまっておいた、凌に貰った絵の具を一際強く胸に抱きしめて、覚えず由多は呟いてしまった。

「そうだな」

肩を竦《すく》めて、あっさりと永遠が頷く。

「食器洗うのは、大分慣れたと思うんだけど」

「そうだな」

適当というのではなく、永遠は相槌《あいづち》を打った。

「永遠はどっちもできるのにね。僕は今日、何人もお客さんに、困った顔された気がする。あんな顔、誰にもさせたくないんだけどな……」

肩を落として呟いた由多の肘《ひじ》を、寒さごと気鬱を吹き飛ばすように永遠が肘で突く。

「おまえにはおまえにしかできねえこと、あんだろ。難関の藝大、予備校も行かねえで受かったってみんなびっくりしてたじゃねえかよ」

「それは、先生がいたから」

一番長い友人の永遠が褒《ほ》めてくれたことは素直に嬉しくて、由多は顔を綻《ほころ》ばせた。

「先生、か」

不意に、永遠が大きな溜息を吐く。

「そんで……言えたのか。おまえ」

らしくない少しの躊躇いを見せて、永遠は由多に訊いた。

何のことを言われたのか、由多にはすぐにわかった。バイトの間は努めて考えまいとしたけれど、絵の具を抱いていると酷く肌が熱くなって、凌の体温が思い出される。

「告白したよ」

間を持たせたりせず、由多は、なんでも話す親友にそれを教えた。

なんでも話すと言っても、凌への思いは由多が自分から永遠に打ち明けたわけではない。いつも由多が「先生」の話をするので、いつからか永遠に訝《いぶか》られて、問われるままに答えたせいで由多自身も凌への思いを自覚したのだ。

「……あいつ、なんだって?」

少し声を落とした永遠が、自分を慰める準備をしてくれているのが由多にも伝わる。

絵画教室に私物を取りに来るように凌に言われたので、それを今日と決めて気持ちを告げると、由多は永遠に話してあった。

これきり凌と今までのように会えなくなると思ったら、それは耐えられないと由多は気づいたので。

　アトリエでの凌を、思い返す。不思議な指切りを、凌はくれた。頰を抱かれた辺りから、本当だったのか記憶が曖昧《あいまい》になった。告白をしたとき、見たことがない冷えたようなまなざしで凌が自分を見たことも、由多の中ではもうぼやけていた。

「駄目だったんだろ？」

　やさしく、永遠の手が由多の肩に掛かる。

「週に一回、先生のこと、描かせてもらいに行くことになったよ。水曜日」

「……え？」

　酷く訝しげに、永遠は由多を見た。

「お月謝、いらないって」

「それって……」

　眉間《みけん》の皺《しわ》を、永遠が深める。

　アトリエから送り出されるときにもう一度触れて行った凌の唇を思い出して、無意識に由多は自分の唇を指でなぞった。

　まだ充分に冷たい夜の風が吹いて凍えるのにも構わず、永遠が険しい顔でそれを見る。

「あいつ、歳いくつだよ。おまえみたいな……」

　ガキと、と、悪態を吐こうとした永遠を、由多は見つめた。

「永遠は、先生のことといつも……あんまりよく言わないね。先生の教室に通ってたこともあったのに。三ヶ月でやめちゃったけど」

「それは」

何か言いかけて、永遠が口を噤《つぐ》む。

「僕の大好きな人なんだ。大事な親友に、悪く思われるのは辛《つら》い」

思ったままを、由多は言葉にした。

大きく、溜息を永遠が吐き出す。

「しょうがねえよな……おまえが不登校とかなんねえですんだの、あいつのおかげなんだろ？原因作ったの、俺だし」

「違うよ」

悔いを見せて言った永遠に、立ち止まって由多はきっぱりと言った。

「僕があの頃、学校に行けない日があったのは、誰のせいでもない。永遠」

中学生の頃のことを、由多も口にする。

それは普段二人にとってはほとんど触れることのない、過去だ。今そこに触れてしまうほどに、永遠には凌とのことが不満なのだと、由多は気づけない。

由多が渡した言葉を聞いて、永遠は長く息を吐いた。

「こないだ」

苦笑して、由多より少し高いところから永遠が、手を伸ばして由多の髪をくしゃくしゃにする。

「賢人《けんと》に、ばったり会った」

中学の同級生の名前を、永遠は口にした。

高校は別だったが、由多も賢人のことは忘れてはいない。

「元気だった？」

「ああ。俺、謝ったよ。賢人に。すげえ今更だけど」

「そう」

良かったと、由多は微笑《ほほえ》んだ。

「偉いな、永遠は」

「何言ってんだよ。おめーが謝れっつったんだろが」

仕方なさそうに、少し切なそうに永遠が笑う。

肩を叩かれて、由多はもう一度歩き出した。

「んで、連絡つくやつだけでいいから、中学の同窓会しようって話になったから。まだいつになっかわかんねえけど、俺幹事だからおまえも来いよ」

「……え？」

「来いよ」

尋ね返した由多に、永遠がただ言葉を重ねる。

「わかった」

中学の同級生に会うのが、由多は気まずいわけではなかった。今の由多は、どんな輪の中に入ることも厭《いと》わない。その輪が由多を、どう思うのかは別としても。

卒業後も由多は地元を離れずずっと実家暮らしをしていたが、中学時代の友人と呼べるのは永遠ただ一人だった。


岡崎《おかざき》賢人は、日本人とアメリカ人のダブルだった。一見してそうとはわからず、そのことを最初に揶揄ったのは、中学一年生の永遠だった。

一学期の半ば、何日かその揶揄いは続いた。

揶揄われている賢人自身も笑っていたのに、永遠を咎めたのは由多だった。

考えが足りず由多は、永遠がクラスメイトたちの前で賢人に絡むのを、その場で断罪した。

ダブルであることの何が悪いのか、少しもわからない。もし何かの間違いでそれが悪いと言う者が君のようにいたとして、ダブルであることは賢人自身にはなんの責任もないのに。お父さんとお母さんが愛し合って生まれたことには、誰とも変わらないでしょう?

なのにどうして君はそんなことを言い立てるのかと由多が言ったときには、クラス中が静まり返っていた。

当時、手に負えなかったところも含めて永遠はクラスのリーダー的存在で、逆上して由多をいないものと扱い始めたことに、クラス中が従った。

庇《かば》われたはずの賢人もまた、由多を見なかった。

間違っていたとは思えないので、それでもいいと由多は思おうとした。けれどたった十二歳の少年に、存在をないものとされる空間に半日平気で居られるほどの神経は、まだ培われていなかった。

「由多。しばらく絵画教室、朝にしないか」

絵画教室でも塞《ふさ》ぎ込む由多に、凌が言った。そのときは由多は、意味がわからず返事をしなかった。

時々玄関から出られなくなった由多に両親が気づいて、ある朝凌が、由多を迎えに来た。

両親からの申し出だからと、凌は週に一度だった教室を、朝なら何度でもいいと増やしてくれた。

無理に学校に送り届けることを、凌はしなかった。

立ち止まると待つためだけに、手を繋《つな》いでくれた。

まだ早い朝の道を二人でただ歩いて、由多が気に入った風景があればそこに長く留まった。

水彩を使っていた頃だったけれど、クロッキーをすることさえなく、夏が来た。

この町で一番早く朝が来る場所があると、凌は少し遠い高台の空き地に由多を連れて行ってくれた。長い道を、手を引いて歩いてくれた。

夜明けも早く、夜との境を突然脱ぎ捨てる空は、ひたすらに澄んだ。

その夏の早い朝は、由多の拙い言葉では尽くせないほど、美しかった。

せめて白い紙にそれを写したくなって、自然とパレットを開いた。凌に渡されたボトルの水を、無意識に受け取った。固まりそうになっていた水彩絵の具を出して、由多は水で丁寧にブルーを溶いた。

溶いているときに凌が、じっと自分を見ていることに、由多は気づいた。

「どうしたの？　先生、おかしな顔」

本当に凌が見せたことのない顔で自分を見ていたので、言ってしまってから言葉の非礼に気づいたが、由多は覚えず笑ってしまった。

このときの凌の顔を、由多は何故だかいつまでも忘れられない。

すぐに凌は、ただ笑い返した。

そのまま凌が自分を見ているのを不思議に思いながら、下描きをせずに青い色を紙に一筆、置いた。

透明な水彩の青を見てようやく由多は、自分が二ヶ月何もしていなかったことに気づいた。

大好きな絵も描かず、笑いもせず。

自分の声も、さっき、久しぶりにまともに聞いた。

青を筆で二度重ねて、由多の視界はぼやけた。ずっと堪えていた涙が、後から後から零《こぼ》れ落ちた。

長い凌の指が、由多の髪を撫でた。

「ずっと描いていたかったら、ここでただ絵を描いててもいいんだよ」

凌の胸に抱かれて、由多の涙は長いこと止まらなかった。

それから、何もかもを、由多は凌に話した。どんなことも決して由多を否定することなく、凌は聞いていてくれた。

「由多は何も、間違いはしてない」

抱いて、由多はきれいだよと、凌は何度も囁《ささや》いてくれた。

思えば長い時間ではなかった永遠との和解まで、由多は凌と眺めた朝と凌の言葉だけを抱えて、学校に行った。

いつからか由多が凌に恋をしたのは、ごく自然なことだった。

アトリエに凌を二度描きに通ったら、慌ただしく由多の都心での大学生活が始まった。地元でのバイトも続けたまま、課題も抱えて、結局二週間凌に会いに行けなかったと、由多はデッサン用の木炭がついたままの指で唇をなぞってしまった。

二度とも、凌は話を聞きながらただデッサンのモデルになってくれて、けれど帰り際に施されるキスは何か由多を追い詰めるように長くなった。

その口づけは由多が望むものより、ずっと深い。

「……会いたいな、先生」

それでも由多は凌に会いたくて、人物デッサンのために使った道具の後始末をしながら独りごちた。

五十人が詰め込まれた月曜日のデッサン室は、場所を取り合って所狭しとイーゼルが置かれている。

大学は都心なのに、大きな動物園が隣接していて、時々場違いに動物の遠吠《ぼ》えが窓から聞こえた。

そんなときでも、デッサンをする手を止める者はいない。

ぼんやりしていたら由多は、結局モデルから一番遠くになってデッサンの時間が終わった。

けれど沈黙してクロッキー帳に木炭を必死で走らせ、休憩時間には忌憚《きたん》なく批評し合う空気にまだ少しも溶け込めていないから、丁度いいのかもしれない。

「画材結構掛かるから、バイト辞めるわけにも行かないし」

持ち歩いている水彩画のスケッチブックを開いて、挟《はさ》んである一枚の絵を由多は取った。

専攻は油絵だが、下絵のつもりで由多は好んで水彩画も描いた。朝の町を、また凌と眺めたい。朝なら誰も見ていないから、凌はいつかのように手を繋いでくれるかもしれない。

そんな思いで一人で朝に描いた絵を、不意に、由多は取り上げられた。

「随分平凡な構図だ」

由多の眺めていた絵を検分しているのは、クラスメイトの松田《まつだ》だった。こんな風に声を掛けられるのが初めてではないので、由多は松田を知っている。

「ほとんど空じゃないか、真っ昼間の。幼稚だな」

本当は朝なのだけれど、伝わらないのは仕方がないと、由多は黙って松田の言葉を聞いていた。

それに凌がくれた言葉と指切りがあれば、誰の声もまるで気にならない。

「きれいじゃないのよ。幼稚なのはどっち?」

口を挟んできたのは、やはり同期の亜紀《あき》だ。亜紀ですと、最初に声を掛けられたので、由多は彼女を名前で覚えた。亜紀は何故だか、よく由多を気にしてくれる。

彼女を見るといつも由多は、ユトリロの絵を連想した。そんな色使いの服を亜紀は着ている。

ユトリロが好きなのか聞いてみようと思いながら、まだ尋ねたことはない。

輪になるように何人かが集まって、由多の絵を覗き込んだ。

「小鳥井がよく教授の目に留まるからって、意識しすぎだ。おまえ」

誰かが、松田を揶揄った。

その言葉が余計に松田の勘に障るのが、見ていて由多にもよくわかったがどうすることもできない。

「もう返してもらっていいかな」

何か強く松田が絵を摑《つか》んでいるのが気になって、由多はそう申し出た。

「相手にされてないぞ、松田」

級友に笑われて、松田の顔が険しくなる。

「おまえ、予備校で見なかったけど何処行ってたんだよ。誰かに師事してんのか？」

何か由多が特別な教えを受けているのだろうという含みを、松田は隠さなかった。

「そう言えば、うちの予備校でも見なかったな」

それぞれ、ほとんど藝大の系列校といってもいい予備校から入学しているクラスメイトたちが、顔を見合わせる。

そういう有名どころの予備校に行けとは、高校生になってから由多は凌に何度も言われた。

何故だか凌はあきらめずに繰り返して、それを言われるのが本当に辛かった。

いつでも由多は凌の教えに従順だったけれど、それだけは強情にどうしてもきかなかった。

「予備校には行ってないよ」

あっさりと教えた由多に、少し輪がざわつく。

「じゃあ松田が言ったみたいに、誰かに師事してたのか？」

そうまで皆が騒ぐほどに、自分の絵が同期の目についていることに由多はまるで気づいていなかった。

「絵画教室に、ずっと通ってた」

嘘は、由多の得手ではない。

ましてや嘘を吐かなければならないような場面でもないと正直に告げた由多に、皆は一瞬顔を見合わせると、声を立てて笑った。

「ふざけてんのかよ、小鳥井」

少し亜紀が心配そうに見ているのが、由多の気持ちに掛かる。

「何もふざけてなんかいないよ。中一から受験まで、同じ絵画教室で習ってた」

「なんていう画家だ？」

「……先生は」

問われて初めて、由多は言葉に詰まった。

凌は絵画教室の教師以外の、何者でもない。

本当は由多は大学に入ってから、この大学を卒業してすぐに絵画教室の教師になることの不自然さに、初めて気がついた。

恐らくこのデッサン室に詰められた五十人は、皆自分の絵で食べて行こうと考えている。絵を描く以外のことは、由多も考えなかった。

けれど、手本ではなく自分の絵を凌が描くところを、由多は一度も見たことがない。

「ここの卒業生だよ」

「まあ、だいたい絵を教えるなんて脱落者のやることだけどな」

自分の教師を庇うような声を聞かせる由多に隙《すき》が見えたのか、松田は由多の絵を摑んだまま言った。

「それは俺も思うね。教授だって、結局自分の絵でやってけないから大学に居るんだろ?」

不遜《ふそん》な口をきくのは何も松田ばかりではなく、今はまだ彼らは、自分は決してそうはならないという自信と高慢に満ちていた。

「僕の先生は、脱落者じゃない」

彼らの傲《おご》りなどは、由多にはどうでもいい。

「何も知りもしないで、僕の先生を侮辱《ぶじょく》しないで」

「じゃあその先生の絵はちゃんと売れてんのか?」

高いところから弱い腹を突くように、松田は声を強めた。

「だったら、僕も脱落者の一人だね」

不意に、輪の外側から幾分大人の声が、投げられる。

皆が振り返るとそこには、特別講師の三宗明彦《みつむねあきひこ》が立っていた。

輪の中にいた学生達が、凍り付く。

明彦はまだ二十代後半だったが若手では異例の成功を見せていて、母校であるこの東慶藝大に乞われ、特別講師として講義を持っていた。少しの愛嬌《あいきょう》のように眼鏡《めがね》がよく似合う目立った容姿も手伝って、美術から縁遠い層にまで知られていた。

世事に疎い由多でさえも、明彦の絵はよく目にする。

圧倒的な筆致に、奇抜な色使いがうねるように重なる明彦の絵は、由多にはただ怖かった。

「三宗先生は……特別講師ですから」

一番余計な口をきいた松田が、慌てふためく。

「母校に頼まれたら断れない世界に住んでるのは、誰も同じだけど？　君も随分馬鹿馬鹿しい価値観を、若いうちに身につけたもんだね。……モデルさんは？」

「もう帰りました」

辺りを見回して尋ねた明彦に、答えたのは亜紀だった。

「ちょっと手のモデルを頼みたかったんだけどなあ」

仕方がないと肩を竦めて、行こうとして明彦が、松田の摑んでいる由多の絵に気づく。

「誰の絵？」

松田の手元を覗き込んで、明彦は遠慮なく聞いた。

酷い話題に特別講師が入って来たことで、学生達は皆まともに声が出ない。

「小鳥井くんの絵です」

由多を指して答えられるのは、亜紀だけだ。

「ふうん」

力の入っていない松田の手から、明彦が由多の絵を取る。存分に、明彦は由多の絵を眺めた。

「あの……」

いい加減絵を返してもらえないだろうかと、由多が口を開く。

「水彩しか持ってないの?」

「はい」

問われて、由多は頷くほかなかった。

「今、何か他に持ってるかい?」

「それも水彩ですけど」

「いいよ。見せて」

やっと絵を返してもらって、そもそもそれを挟んでいたスケッチブックを、言われるまま由多が明彦に見せる。

明彦は一枚の絵を長く見たり、簡単に飛ばしたりしながら、スケッチブックを全て見た。

「きれいだねえ」

思いがけないストレートな言葉を投げられて、由多もすぐには言葉が出ない。

「油絵も見たいな。絵画教室に通ってたって？」

何処から話を聞いていたのか、明彦は由多を眺めた。

「十二歳の時から、同じ先生に習ってます。今も、絵画教室はやめてません。凌先生は……画家じゃないかもしれませんけど、僕に全部を教えてくれました」

級友達に凌を侮辱されたことがどうしても我慢できなくて、余分なことが由多の口をつく。

普段はほとんど呼ばない凌の名前も、その存在を主張するように自然と出てしまった。

「凌……先生？」

穏やかだった明彦の声に、何故だか少しの濁りが映る。

「なんていう絵画教室なの？」

けれどすぐに元の声に戻って、明彦は由多に訊いた。

「桐生絵画教室です」

「そう、聞いたことないけど。それに君はまだ全ては教わってないんじゃないの？」

飄々《ひょうひょう》とした物言いで笑って、明彦が肩を竦める。

「これから、教わります」

「そうだ、君。小鳥井くん。来週の土曜日、ちょっと僕を手伝ってよ」

由多の言い分を聞かずに、明彦は自分のポケットを探った。

「お、名刺あった。ここの住所が、僕のアトリエ」

「あの」

「土曜日は休みでしょ？　何時でもいいから、おいで。でもできれば日の出てる時間にね。あ、ついでにいくつか油絵持って来て」

じゃあねと明彦が、由多の返事など待たずに去って行く。

困り果てて、由多は渡された名刺を眺めた。住所は由多の地元からそう遠くなかったが、藝大生の四月は本当に忙しい。

それに何か手伝うのは構わないが、明彦のアトリエには明彦の絵がたくさんあるのだろうと思ったら、由多は酷く憂鬱になった。

明彦の絵を、どうしても由多は好かない。

「気に入られたな」

憎々しげに松田に言われて、頼りない十二歳の気持ちが少しだけ胸に返り、由多は一秒でも早く凌に会いたくて堪らなくなった。

両親は一人っ子の由多にいつでもやさしかったけれど、何故だか由多は子どもの頃から、家に居るより絵画教室にいる方がホッとした。朝の食卓で家族が揃《そろ》い、由多が何か言うとふと空気が止まることがあり、父親は溜息を吐き母親は困ったようになることが度々あった。

凌は由多に、絶対にそんな溜息を聞かせないし、そんな顔も見せない。

けれど、どんなに会いたくても由多の時間が空いても、凌の教室には他にも生徒達がいる。思えば両親が一人っ子の由多の少しゆっくりとした性質を汲《く》んでくれたのだろうが、由多は最初から凌と一対一だったけれど、そうではない複数を見る日の方が教室には多かった。

なんにせよ由多だけの都合で、凌を独占はできない。

水曜日の夕方に由多の時間は決められていて、今週こそはどうしてもと由多は凌のアトリエを訪ねた。

延びた日ももう傾きながら射す庭木はすっかり芽吹いて、緑の影を大きくアトリエに映している。

いつものように自分の話はせずに由多は、置物のような古いソファに足を伸ばしている凌を、イーゼルに立てたクロッキー帳に描いていた。

「描いてもらうのは慣れてないから、どうしたらいいのか困るな。本、読んでもいいか？　由多」

黙って木炭を蠢《うごめ》かせる由多に苦笑して、静物を置いてある引き出しのある古い机から、凌が上製本を取る。用のないとき、作り物のフルーツや木彫りの像といった静物の上には、埃《ほこり》よけの白い布が掛けられていた。

「もちろん。なんの本？」

居心地が悪そうな凌にようやく気づいて、すまなく思いながら由多は尋ねた。

「さあ。祖父の本棚に遺《のこ》った本を、端から読んでるんだがいつまでも読み終わらない」

笑った凌に、由多が本の背を見ると、難しそうなタイトルが綴《つづ》られている。

思い返せば凌は、由多が絵に没頭するとき、気づくと傍らでそうして本を読んでいた。凌の祖父が亡くなったのは、由多が教室に入った翌々年だった。それからずっと、凌は遺された本を読んでいるのだろうか。

「先生は」

それを訊くのを、由多は少し躊躇った。

「うん？」

「僕、先生の絵が見たい」

言い方を、由多が変える。

本を閉じずに、凌は由多を見ることもなかった。

「……一度も、そんなこと言わなかったのに」

「お手本は、沢山描いてもらったけど。先生が描きたくて描いた絵をちゃんと見たことないって気づいて」

見せて欲しいと、乞う声が細る。

何か、触れてはいけないことのようにも思えたし、今まで自分がそのことに気づきもしなかったことを、由多は凌に申し訳なくも思った。

「一枚もないよ」

これでこの話は終わりだと言うように、凌が笑う。

「どうして？」

良くない性《しょう》だと気づかないまま、由多は真っ直ぐに訊いてしまった。

「なんでそんなものが見たいんだ？」

答えずに凌が、はぐらかす。

「好きな人の描く絵が、見てみたいから」

他に理由などあるわけもないと、由多は訴えかけた。

「由多は」

目で追っている本の文章から顔を上げないまま、凌は由多を呼んだ。

「どうして俺が好きなんだ？」

今更、そんなことを尋ねられて由多が戸惑う。三度、口づけられたと由多は数えていた。それは自分がもう凌の恋人だからだと思っていたけれど、口づけの数を数える由多は、まだ不確かな間柄だと心の底でわかってもいる。

「僕は、駄目だって、否定されることに慣れてる。けど中学一年生の、みんなが僕を見ないようにしたあのときは、やっぱりそのことがすごく辛くて」

初めて凌が理由を訊いてくれたのだから、きちんと答えたいと、由多は懸命に言葉を掻き集めた。

「あのときも、あれからもずっと、先生だけはいつでも僕を肯定してくれた」

大切だった時間のことを、由多が綴る。

「そうでしょう?」

答えない凌に、由多は問いかけた。

「……そうだな」

手元の本を眺めたまま、凌が相槌を打つ。

「先生がいたから、僕は強くなれた。ずっと僕を認めてくれた先生がいなかったら、僕は息もできなかった」

思いが何か届かないような焦りから、由多は饒舌《じょうぜつ》になった。

「先生が好きだよ」

緑の影が差して、凌の顔がよく見えない。

「それは」

顔が見えないから、声が酷く冷たく聞こえた。

「そうだろうけど。俺でもその人が、好きになるな」

多くを由多は望まなかったけれど、仕方なさそうな凌の意味のとれない言葉は、切ない。真意を知るのも怖くて、それ以上を由多は訊かなかった。

それきり、黙って由多はまた凌を描いた。

肘まで捲《まく》られた暗い色のシャツから伸びた、凌の腕の筋が張っている。酷く男らしいという容姿ではないけれど、その腕のフォルムを描き写していると、凌は大人の男なのだと由多は改めて知った。ソファに乗っている足が持て余すほど長いことにも、気づく。

難しい本のタイトルも、由多は描き込んだ。

けれど、凌の顔が上手く描けない。

緑の影のせいだと、由多は窓の外の庭を見た。それでも自分は凌の顔をしっかりと、知っているはずだ。描き損じることはない。

そう思って何度も凌の顔を木炭で辿《たど》っては、ゴムで由多は消した。

何故だか、凌の顔がわからなくなる。

「上手く描けない……」

「根を詰めすぎだ」

「もっと描きたい。先生の顔を、ちゃんと描きたいよ」

もう随分凌をソファに座らせたままだと由多もわかっていたけれど、どうしても顔を捉《とら》えられなくて、溜息が漏《も》れた。

「土曜日の生徒が、来週は休むと言ってきたけど」

誘うでもなく、今日はもう終わりだと本を閉じて、凌が教える。

「来週の土曜日、来てもいい？」

身を乗り出してから由多は、一方的に取り付けられた明彦の約束を思い出した。

「あ……その日、大学の用があった」

がっかりして由多が、大きく肩を落とす。

「講師の先生に、何か手伝うように言われたんだ」

訊かれもしないのに、その日が空いていない気の重い理由を由多は語った。

「見込まれるのも早いな、由多は」

級友達のような厭味《いやみ》では決してなく、凌が由多を褒めて笑う。

「そんなんじゃないよ。きっとただの雑用だし、それに僕の先生はずっと先生一人だから」

絵画教室と揶揄われたことを思い出して、由多は自分でも驚くほどむきになってしまった。

応えはくれず、凌はじっと由多を見ていた。

不意に、立ち上がって凌が由多に歩み寄る。自分が描かれているクロッキー帳を、凌は覗き込んだ。

「もう、俺は由多の先生じゃない」

座ったままの由多の頬についた木炭を、くすりと笑って凌が親指で拭《ぬぐ》う。

「恋人なんじゃなかったのか？」

酷く甘い、まるで毒を覆い隠すように強く甘い声で囁かれて、由多は髪を抱かれるのに息を呑《の》んだ。

四度目の、キスだ。

キスの数を数える自分の幼さに気づきもせず、言葉と同じに酷く甘い口づけが施されるまま由多は目を閉じた。

緩い癖のある髪と、頬を抱かれて、深まる口づけに由多はまだ凌のシャツを掴むことしかできない。

下唇を軽く食《は》まれて、痺《しび》れるような由多の痛みを、ゆっくりと凌の舌が拭っていった。

「ん……っ」

緩んだ由多の唇から凌の舌が入り込んで、決して焦ることはなく口腔《こうこう》を撫でる。

それだけで由多は体中を凌に侵されているような思いがして、上がる熱と震えに必死でシャツにしがみついた。

「あ……」

長い口づけから解かれて、覚えず吐息とともに声が由多の唇から漏れる。色づいた唇は、すっかり濡《ぬ》れていた。

「そんな顔して……由多は、悪い子だ」

耳元を嬲《なぶ》られて、自分がどんな顔をしているのか少しもわからず、ただ由多の肌が大きく揺れる。

「……僕は、先生とのキスの数を数えてる」

途切れる息の中で、由多は首を振った。

「四回」

恥じらうこともせずに、由多が凌に教える。

「全部、大事なキス。先生、僕は悪い子？」

悪い子だと、由多は凌に一度も言われたことがなかった。けれどシャツに縋《すが》ってキスの数を数える自分ははしたないのだろうかと、凌に問う。

肌の熱さは、恥ずかしかった。好きな人にこんな風に口づけられて、熱くなるのが当たり前だと、由多はまだ誰にも習っていない。

小さく息を吐いて、凌は由多の髪に口づけた。

「泊まっていくか？」

「……え？」

誘われた意味が、すぐには由多にはわからない。

「先生が好きなら、先生のそばで眠ったらいい」

少しだけ、凌が何を言っているのか、由多に伝わった。

「たくさん、抱きしめてあげるよ。由多」

耳元に囁かれて、熱を持つばかりでなんの心の用意もしていなかった自分に、由多が気づく。

長い時間、由多は何も凌に答えることができなかった。

「いやなら、今日はもう帰りなさい」

子どもの頃のように、凌はただやさしさで笑った。

けれど緑の影も届かないのに、由多にはその凌の表情が見えない。

描き上げられないデッサンのように、見えないだけでなく由多は、大切な凌の顔をはっきりと思い浮かべることができなかった。


恋人だと、凌はそう言ってくれた。

だからだろうか。告白する以前と、凌が違うように思えると、由多は感じ始めていた。

教え子に見せる顔と、恋人に見せる顔は、違うのが当たり前なのかもしれない。けれど恋人の凌の顔は、描き上げられないだけでなく、由多には今もぼんやりとしか思い出せなかった。

「実際、女の全裸初めて見るやつだっているだろ？」

最近新築されたテラスの学食で、月曜日の人物デッサンの後、由多は珍しくクラスメイトと同じテーブルに着いていた。

一番端の席だ。隣に座っている亜紀に、誘われた。

八人ほどいるテーブルでは、安い学食のメニューをそれぞれがほとんど食べ終わっている。

「予備校ではあったな、裸婦のデッサン。入試の実技試験になったことがあるからって」

月曜日の午前を使う人物デッサンは最初から裸婦で、月ごとにモデルが変わるという話だった。

「入試の実技が裸婦かよ。えぐいなそれ」

「意識するのは失礼よ。モデルさんに」

同席している女子は亜紀だけではなかったが、苦言を呈したのは亜紀だ。それに他の女子も、その通りだと追随する。

「意識しないから描けるって話をしてんだよ。いちいち欲情してたら、まともにデッサンなんかできるわけない」

「段々麻痺《まひ》していくな」

正直なところ女の裸を月曜日の朝から見ることをどう感じているかという、禁忌《きんき》とも言える話題に少し踏み込んだものの、皆そこに深く突っ込みはしなかった。

教授にでも聞かれたら、この間のように凍り付く程度では済まない。もう裸婦を描かせてもらえなくなって、デッサンの単位を落とすことになるだろう。

殊更皆が「意識しない」と続けるのに、由多は、自分もまた何も感じていないことに改めて気づかされた。最初は寒そうだと思ったけれど、情動をそそられたことはない。

けれど自分は、それに比べて凌を描いているとき、集中できていない時間があることにも気づいた。余分なことを考えるし、顔もまともに描けていない。

今日、凌はまた自分にくちづけるのだろうかと思って、手が止まることもある。

「好きな人を描くのは、難しいね」

独り言のように、由多は呟いてしまった。話に参加したつもりではなく、思いがただ零れただけだ。

「言うことも幼稚だな、小鳥井は」

斜め向かいに座っていた松田が、鼻で笑う。

「まあ、実際好きな女が裸で目の前にいたら、デッサンなんかできないよ」

取り成したわけではないのだろうが、一人が由多の言葉に同意した。

「すぐにベッドだろ」

少し、彼は大人ぶってふざけた。

だが真っ直ぐに由多は、彼の言い分を聞いていた。

泊まっていくかと、凌は少し深く由多に触れた。四回施されたくちづけの先が、あるのかもしれない。

服を全て脱いで、凌と抱き合う。

その想像を由多は、初めてちゃんとした。

ふと、捲られたシャツから伸びた、凌の筋張った大人びた腕が思い出された。その腕で抱きしめられたような気持ちになって、体の芯《しん》に火が灯《とも》る思いがする。

「……っ……」

息が詰まって、由多は自分に凌のものになりたいという欲望があることを自覚した。

それに抱き合えば今度は、ちゃんと恋人の凌の顔が、見えるかもしれない。

「大丈夫？」

不意に、いつもと同じにやさしい色の服を着ている亜紀に、由多は問われた。

「何が？」

きれいな色合いの亜紀の服が由多は好きだったけれど、今はそれに気づく余裕もない。

「ちょっと顔が赤い。熱でもあるんじゃないの？」

「ああ……違うよ。恥ずかしくて」

恋人のことを考えていてと口に出しかけて、言わずに由多ははにかんで笑った。

何人かが、吹き出すのが聞こえる。

「かわいいわね、小鳥井は」

「ホント、ガキだな」

ほとんどが同い年のはずの級友達から、非難とはどうやら違う声を由多は掛けられた。

彼らが仕方なさそうに笑っているのに、好意なのだとわかって、十も年上の男の恋人と寝ることを考えていたことは由多も言わない。

ようやく、少し彼らと馴染《なじ》めたように思った。

「土曜日、三宗先生のところに行くのか?」

だが、おもしろくなさそうに不意にそれを訊いてきたのは、やはり松田だ。

「何か人手がいるんだと思うから、行くよ」

思い出して少し、由多の気持ちが塞ぐ。

それでも、搬入かキャンバスでも張らされるのかと、由多の想像はその程度だった。

「実力勝負の世界なのに、講師に取り入ってどうするんだ」

「そんなつもりじゃないよ」

いつからそんな話になったのかと、由多が戸惑う。

「どうしていちいち小鳥井に絡むの？　先生が小鳥井を気に入ったんじゃない」

あのとき絵を持っていたのは松田だとまでは亜紀も言わないけれど、あからさまに由多を庇った。

「ほら、小鳥井は人に取り入るのが上手い」

「そんなこと、全然ないよ」

なんて不思議なことを言うのだろうと、由多が松田を見つめる。

「小学生のときも、中学生のときも、高校生のときも、必ず僕を嫌う人はいた。君みたいに」

高校のときは永遠がよく見張ってくれたけれど、由多はこういう目に遭わなかったわけではない。

「僕は何をしたんだろうって、いつも考える。松田くん、僕が悪いことをしたなら言って欲しい。直せることなら直すから」

真摯《しんし》に、由多は尋ねたつもりだった。そうして彼が確かにそうだと思うことを自分に言うのなら、改めようとも本気で思った。

「……っ……」

けれどこういうとき大抵相手は、癇癪《かんしゃく》を起こして由多から去って行く。

何も言わず、殴りもせず大きな音をたてて席を立っただけ、松田はまだたちが良かった。

「おまえ怖いな」

向かいに座っていた男子が、肩を竦めて苦笑する。

気づくと松田が立ち去ったテーブルは少し静まっていて、またやってしまったのだと由多は気づいた。

誰かを怒らせよう、場を静まらせようとして、言葉を放ったことは由多は一度もない。ただ思ったことを告げると、こんなことになってしまうことが、少なくはなかった。けれど由多は、どうしたら皆のように人と調和できるのかがわからないままで、もうあきらめてしまっている。

今はひたすらに、凌に会いたい。

由多は何も間違いをしていないよと言って、抱きしめて欲しい。

そう願うそばからまた、凌の顔が判然としなくなった。いつでもただ一人の支えである凌が、ちゃんと思い出せない。

「勘弁してやれよ。あいつ今日、気まぐれに入ってきた教授に、問答無用で木炭取られて描いた上から線入れられてさ。何がどう見えてんだこうだろって、言われて。青ざめて震えてたよ」

「あれはぞっとするよな。予備校でも散々やられたけど、パレットナイフで刺してやろうかと思うよ」

誰かの言葉に皆が同調して、話の風向きが戻ったことに由多はほっとした。

同時に、そんな風に自分の描いたものの上に線を入れるなどと、六年間凌は一度もしなかったので由多は皆の話に驚いた。色の乗せ方も、凌は自分の手元のスケッチブックで示して見せた。絵に手を入れられたことは、覚えがない。

言葉もそうであったように、凌は由多の絵を決して否定しなかった。

「松田、もう懲《こ》りたと思うから気にしないことよ。妬《ねた》んでるだけだから、流してあげて」

どうやって教授を殺すかという話で盛り上がり始めた輪の端でそっと、亜紀が小声で由多に告げる。

「妬むって、何を？」

自分より余程人の輪の中にいる松田に何を妬まれるのか本当にわからなくて、由多は尋ね返した。

呆《あき》れたように、亜紀が苦笑する。

「みんなここに受かるまでに予備校のカリキュラムですっかりすり減ってるのに、あなたは絵画教室から合格してあからさまに才能に溢れてる。あんな風にみんなの前で三宗先生に熱心に絵を見てもらって、何も感じなかったの？」

いつでも由多の面倒を見るようにやさしい亜紀の声が、少しだけ尖《とが》った。

「……ごめん」

無神経なことを言ったのだという自覚は生まれて、由多はもう謝ることしかできない。

「あたし一浪してるの。でも浪人する意味なんかあったのかなって、小鳥井を見てると思う」

厭味ではなく、あきらめのように亜紀は呟いた。

「空の絵、すごくきれいだった」

素直な羨望《せんぼう》を、亜紀が見せてくれる。

「ありがとう、亜紀ちゃん」

また彼女が話してくれることをただ願いながら、由多は少し切ないまま笑った。

「それと、ピカソは恋人のオデットとの絵を描いてるわ」

「へえ……初めて聞いた」

何故不意に亜紀がピカソの話をしたのか、すぐには由多にはわからない。

「小鳥井なら、描けるわよ。好きな人も」

彼女が話を覚えていてくれたことが嬉しくて、由多は破顔した。

「その絵見たいな。何かに載ってない？」

尋ねると亜紀が、困って笑う。

「ピカソとオデットが、裸で抱き合ってる絵よ」

どれだけ由多を子どもだと思うのか、まだ早いような声を亜紀は聞かせた。

自分の恋人のことを、由多が思う。

裸で抱き合って、それを描くことを夢想した。いつもと同じに、黒は使わない。淡く鮮やかな色で、恋人と自分の肌が重なるのを彩りたい。

「僕もそんな絵が、描きたい」

そうすればきっともっと凌と近くなれると願って呟いた由多に、亜紀は困ったように肩を竦めた。

「俺はおまえを殴ったっけな」

バイトのシフトが一緒になった帰り、もう大分暖かい夜の公園で、由多《ゆた》は永遠《とわ》とベンチに並んで缶コーヒーを飲んでいた。

大学で少しは馴染《なじ》めたかと案じられて、失言で松田《まつだ》を怒らせてしまったことを、由多は永遠に話した。

「そうだったね」

六年前、中学一年生の夏休みを迎える頃、間が悪く由多と永遠は廊下の角で出くわした。

由多が凌《りょう》に、朝をもらって学校に行っていた頃だ。

「やっと、永遠と二人になれたと思って……僕が」

「間違ったことは言ってないつもりだけど、みんなの前で咎《とが》めたのは悪かったよ。傷つけたならごめん」

その廊下での由多の言葉を復唱した永遠に、由多は目を見開いた。

「一言一句間違ってねえよ、多分」

「すぐに永遠は僕を殴った」

六年も経つのにそんなに遠い話だと思えなくて、由多が溜息《ためいき》を吐く。

「ごめんね……傷つけたり、怒らせたりしたいわけじゃないんだ。他に、どう言ったらいいのかわからなくて」

「お互いの親呼ばれて、面談中におまえが初めて泣いた。そう言って」

苦笑して、永遠は俯《うつむ》く由多の髪に、少しだけ触れた。

「同じこと言った？」

「ああ」

「進歩してないね」

「そんなことねえよ。あのときみたいに、泣かねえし」

もっと深く触れそうになった指を、けれど永遠が放す。

「由多、そいつがいちいちおまえに腹立てるのは、おまえのせいじゃねえよ」

少し改まって、永遠はあまり似合わない真面目な声を聞かせた。

「自分が悪いんだ。俺は今でもおまえを無視したこと、後悔してる。ごめんな」

「泣いたら、永遠が謝ってくれて。僕はなんだか被害者ぶったみたいで……」

「被害者だろ」

もう一度謝ろうとした由多を、永遠が遮《さえぎ》る。

「もうそんな後悔、捨てて欲しい。永遠だけが僕の友達なんだから」

気の早い羽虫が姿を見せる外灯の下で、由多は懇願した。

「俺はどうしようもねえガキだったけど、こんくらいの歳になってもいるんだな」

「何が?」

ふと永遠が意味のとれないことを言うのに、由多が尋ね返す。

「本当のこと言われると腹立てるやつと」

困ったように、永遠は笑った。

「好きな子いじめるやつ」

「何言ってるの。永遠」

少し砕けた永遠の言葉を、由多は真に受けない。

きれいに笑っている由多を、永遠は口の端を下げて真っ直ぐに見つめた。

「俺がおまえを追い詰めて、あいつがおまえを救った。どんなに後悔しても、俺には足りねえよ」

どうして永遠がそんな目をするのか、由多にはわからない。永遠の後悔の意味も、考えてみようともしなかった。

「あいつなんて、言わないでよ」

「会ってんのか。センセイと」

ベンチの背に肘《ひじ》を掛けて、永遠が由多に向き直る。

「週に一度、会ってるよ。先生を描いてる」

「それってただの、絵画教室の延長だろ?」

咎める永遠の声に、由多は違うと首を振った。なんでも話すただ一人の友人である永遠に、凌の話を聞いて欲しいいし、できればもう少し凌を好いて欲しい。

けれど相変わらず、恋人である凌の顔が判然としない。

「恋人だって、先生が言った」

ようよう、由多はそれを永遠に打ち明けた。恋人という言葉に頼るような、訴えるような思いがあった。

「子どもが厄介なこと言い出したから、軽くあしらわれてるだけだ」

何故永遠がそんな意地悪を言うのか、由多には理解ができない。

「僕は」

それでも言われればそんな不安にも襲われて、由多は口を開いてしまった。

「先生と、抱き合いたいって……思ってる」

「……おまえ」

「この間、先生に泊まっていくかって言われて。どういう意味なのかよく考えた」

必死で、由多は永遠にわかって欲しいだけでなく、自分の気持ちを声にしたかった。

「ちゃんと、先生の恋人になりたい」

自分の願いを、確かめたくて言葉にする。

「おまえ女と寝たことあんのか」

酷《ひど》く腹立たしげに、永遠は由多に訊《き》いた。

「ないよ。キスだって……先生が初めてで」

「どういう意味なのか考えたって、本当にわかってんのかよ！」

強い力で、永遠が由多の腕を摑《つか》む。

「痛い、永遠」

「あいつと寝るってことが、どんなことだかわかってんのか」

そのまま強い力で、永遠は由多の体をベンチに倒した。

背を打って由多が、怯《おび》えて永遠を見上げる。

「……もっと、怖い思いすんだぞ」

その目を見て永遠は、由多の上から退いた。

「泊まるかって、聞かれたときも、帰してくれたよ。先生は怖いことなんて」

「もし本気でおまえみたいな子どもと寝ようと思ってんなら、あいつはまともな大人じゃねえよ」

体を起こして永遠が、そっぽを向く。

「酷いこと、言わないで」

少し震えながら由多も、起き上がった。

「俺はずっとそう思ってた。あいつは本当におまえのこと考えてんのか？」

「考えてくれてるよ。だから僕は……永遠だってさっき、言っただろ？　僕を救ってくれたのが、先生だったたって」

悲痛な声を聞かせる由多を、永遠は振り返ろうとしない。

「おまえを本当に大事に思ってたら、十も年上の男がおまえを恋人にするか？」

「それは、僕がお願いしたから」

「お願い聞いてくれるのが大事にすることなのかよ！　おまえはあいつのこと、ちゃんとわかってて好きだとか寝たいとか言ってんのか？」

まくし立てる永遠に、由多は刃向かう言葉が出てこなかった。

「俺が三ヶ月絵画教室通ってたときだって、あいつは俺が何言っても適当に笑って相槌《あいづち》打ってただけだった。やさしかったさ、そりゃ。俺はガキだったたからな」

不意に、由多に向き直って永遠がベンチの背を叩《たた》く。

「本当にあいつが見えてんのか、由多」

まっすぐに、永遠は由多を見つめた。

その目に捕まって、なんでも永遠に打ち明けてきた由多は、今、凌の顔がぼんやりとしか思い浮かばないことを教えられない。

「僕が今こうしていられるのは、先生がいたからだ」

それだけ言うのが精一杯で、由多はベンチから立ち上がって、永遠の視線から逃れた。

「先生とのことを否定するのは、僕自身を否定することだよ」

初めて由多が、自分のために永遠を咎める。

それは酷く理不尽なことにも思えて、曇る胸を押さえながら由多はもう永遠を見られずに駆け出した。


ひたすらに心細くて、そのまま由多は、凌のアトリエに走った。

由多は上がったことはないけれど、凌はアトリエのある洋館の二階で寝起きをしている。一階の母屋のキッチンにまでは、由多も入れてもらったことがあった。コーヒーを淹《い》れるのを手伝ったのだ。

「先生」

非常識だと気づきもせずに由多は無意識に凌を呼びながら、古びた門から植え込みと雑草が伸びた敷地に入って、表のアトリエではなく奥の母屋のインターフォンを押した。

ぼやけていくばかりの凌の顔を、どうしても見たい。

建物の灯りが消えていたと気づいたのは、不意に、玄関灯が点《つ》いてからだった。

「ごめんなさい先生、こんな時間に……」

外側にドアが開いて、告げながら由多は、息を呑《の》んだ。

中から出て来たのは、年齢も職業もまるで想像がつかない、不思議な雰囲気の少し疲れているけれど美しい女だった。

「あら……生徒さん?」

流行とは無関係に赤く塗《ぬ》られた唇に弧を描かせて、何故か困ったように女が由多に問いかける。

「あたしは帰るところ。用があるなら、ごゆっくりどうぞ」

癖のある香水の匂いを残して、女は由多の横を擦《す》り抜けて行った。

酷く不安な気持ちになって玄関を見ると、女を送りに出たのか凌が立っている。

少しも気まずい顔を、凌はしていなかった。

それでも由多は、安堵《あんど》に及ぶことはできない。

「きれいなひと……誰？」

笑おうとしたけれど上手くできずに、声が戦慄《わなな》いた。

「きれい？」

場違いに凌が、不思議そうに尋ね返す。

「……うん」

「頼んでるモデルだ。どうした？　こんな時間に」

嘘を、凌は由多に教えた。アトリエの灯りは点いていなかったし、凌は本当に自分の作品を制作しない。考えてみれば由多は、何かに凌が出品するという話も一度も聞いたことがない。

自分の話ばかり聞かせて、由多は凌のことをまるで聞いてこなかった。

本当にあいつが見えてんのか、由多。

胸に突き刺さった永遠の言葉が、由多の耳に谺《こだま》した。

「大学で、いろいろ新しいこと習うから。絵に、迷って」

大学の帰りにそのままバイトに行ったので、右手に自分が画材を抱えていることを思い出して、由多が嘘に嘘を返す。

凌に嘘を吐いたのは、初めてだった。

本当のことを話してそれを凌がいつでも赦してくれていたから、由多は自分が信じられていたのに、足下が酷く揺らぐ。

「もう俺に教えられることはないと思うけど……だったら、アトリエに回りなさい」

ふと、先生の口調が、凌から零《こぼ》れた。

今はそれが嬉《うれ》しく思えて、言いつけられた通り由多がアトリエの入り口に回る。

先生の凌は、間違いなく由多のよく知っている凌のはずだ。

アトリエの外には、「桐生《きりゅう》絵画教室」という古ぼけた木製の看板が掛けられている。恐らくは凌の祖父が、掛けたものなのだろう。門扉からアトリエの玄関の間には、小手毬《こでまり》が今を盛りと花を咲かせていた。

中から凌が鍵《かぎ》を開けてくれて、五月の匂う夜のアトリエに足を踏み入れる。

淡い灯りの下で凌は、由多のためのイーゼルの横に、自分の椅子《いす》を置いた。

「もう何か制作してるのか？」

以前のような声で尋ねてくれた凌に、知らない女のことは忘れようと、由多が首を振る。

「うん。油絵の8号を一点前期のうちに仕上げないといけなくて、今水彩で下絵のつもりで色々描いてみてる。講義によって話が違うから……」

嘘と思ったけれど大学で戸惑っているのは本当で、由多はずっと使っているアルタートケースの中からスケッチブックを取りだした。

「どの話も、全然頭に入らないんだけど」

「じゃあ迷う必要ないだろ」

椅子に座った由多に、凌が小さく吹き出す。

「由多らしいな」

おかしそうに凌が笑うのに、由多は、長く深い息を吐いた。その顔はよく知っている凌の顔だ。ずっと由多が見ていた、大好きな凌の顔だった。

スケッチブックを、丁寧に凌は捲《めく》った。一枚一枚眺める凌の口元が、やさしく緩む。

「技巧的にはちゃんと進化してるけど、別になんの影響も混乱も俺には感じられないよ。デッサンも正確だ」

最後まで見て、凌は総評というより、感想をくれた。

「きれいな朝だ」

「……わかるの？」

それを朝だと言ってくれた凌に、由多が目を瞠《みは》る。

「朝だって、先生にはわかるの？」

「当たり前だろ」

なんでもないことのように、凌は言った。

「きれいだよ」

目を見て凌が微笑《ほほえ》むのに、ようやく安堵に胸を覆われて由多が泣いてしまいそうになる。

ちゃんと凌は凌だと、次に永遠に会ったら言える気がした。出て行った女のことは、心の隅に無理に追いやる。

けれどそんな由多を凌は、不意に、困ったように見つめた。やがてスケッチブックを閉じて、由多から目を逸《そ》らせてしまう。

「六年は、俺にも長すぎたな。特に由多の年頃には……」

独り言のように、凌はそれが何か間違いであったかのように溜息を吐いた。そのせいで今自分が、以前のように振る舞ってしまったと、後悔しているように見える。

由多が凌の溜息を聞いたのは、告白のときから、これが二度目だった。

今まで凌は、由多に溜息を吐いたことがなかった。

「もう、来ないかと思ったのに」

その上、初夏の気配に似合わない冷えて聞こえる声を、凌が聞かせる。

「どうして？　僕は先生のことばかり考えてたよ」

そんなことはあり得ないと首を振って、由多は縋《すが》るように凌に笑った。

溜息も冷たい声も、由多は息が止まってしまいそうだったけれど、聞こえないふりをした。

「何も絵は迷ってない」

嘘に気づいて凌が、由多にスケッチブックを返す。

慣れない嘘に気づかれて、由多はそれを受け取って俯いた。

「どうしたんだ。こんな時間に」

改めて凌が、由多に尋ねる。

もう何も嘘は思いつかなくて、由多は仕方なく口を開いた。

「永遠と、喧嘩《けんか》になって」

正直に由多が、さっきあったまま凌に打ち明ける。

「桂木《かつらぎ》くんか。珍しいな、由多が喧嘩なんて」

永遠に凌のことを話すように、由多は凌にも永遠の話をしていた。そもそも十二歳のときに泣きながら語ったのは永遠との不和で、自分が悪いのだと泣いた由多に永遠が謝ってくれたときも、由多は凌に伝えにここにきた。永遠が親しい友達になってくれたと報告したときには、凌は喜んでくれた。

「彼が中二のときだったか、うちに来てたの。あれ以来会ってないけど、ずっと一緒なんだな」

「うん、バイトも永遠が誘ってくれて。でも今日帰りに、喧嘩になった」

「どうして?」

勢い話してしまったものの、問われて由多が困り果てる。

凌を、由多は永遠に疑われた。その疑いが由多の不安を大きくして、だから由多は凌に会いに来てしまった。

「僕が、悪いんだ。永遠は心配してくれただけ」

「なんでも彼に話すんだろ?」

咎めるようにではなく、凌が尋ねる。

「今も俺のところに来てることを、桂木くんは心配してるんじゃないのか?」

「そんなこと」

ないと、言おうとして由多は、突然図星を突かれて言葉に詰まった。

「由多、彼の言うことを」

凌の指先が不意に、由多の頬《ほお》に触れる。

「よく、聞いた方がいい」

「なんでそんなこと言うの……?」

永遠は凌を疑っているのにと、言えずに由多は声を掠《かす》れさせた。

声が掠れるのは、言えないことが胸にあるせいだけではない。少し硬い凌の指が、深く由多の肌を探っているからだ。

「三ヶ月ここに通って、桂木くんはただ、俺を見てた。何も描かずに」

それは初めて聞かされる話で、由多は目を瞠った。

由多が通っているから自分も行ってみたいと言った永遠は、向いていないし飽きたからやめると彼らしいことを聞かせてくれただけだ。

「親友なんだろ?」

「……うん」

由多の耳元に凌は、低く尋ねた。

「なら、彼を信じるんだ。一度間違えたかもしれないけど、彼は善良な人間だし、由多を二度と傷つけたりしない」

まるで自分はそうではないと言いたげな凌の声を、必死に由多が聞く。

「僕を絶対に傷つけないのは、先生だよ」

だとしたら凌がおまえを恋人にするかと言った永遠の言葉を、由多は振り払った。

「たくさん、朝を先生と歩いたよね。あの頃僕は先生と朝を見るためだけに、ベッドから起きてた。先生と会うためだけに、息をしてた」

知っているはずだと、由多の声が凌を責めてしまう。

「僕が好きなのは先生だよ」

何度教えても届かないように思える告白を、由多は繰り返した。

大きく凌が、また、溜息を吐く。

その溜息が由多には、酷く痛い。

「おいで」

由多の腕を、覚えがないくらい乱暴に凌が強く摑んで引いた。

いつも由多が凌を描くときに凌が座っているソファに、座らせられる。体を倒されて、古いソファが軋《きし》む音を由多は聞いた。スプリングが背に当たって、いつもここに凌を座らせていたことを、すまなく思う。

「泊まっていくなら、二階のベッドのシーツを取り替えるけど」

やわらかい由多の髪を抱いて、凌は瞳を覗《のぞ》き込んだ。

五度目のキスに由多はきつく目を閉じたけれど、凌は由多の唇に触らずに、首筋に降りた。肌を掌《てのひら》で探られて、戸惑いに由多の体が揺れる。

どうして口づけてくれないのだろうと由多は、うなじを吸われながら否応なく体温を上げた。

本当は、とても怖い。

けれど凌が怖くなったら、由多はもう地上に立てるところがなくなってしまう。残像のように思い出される女のことも、由多は忘れなければならない。

「先生……」

縋るように凌を呼んで、由多はその背にしがみついた。

「キスして」

口づけてくれたら、その数をまた数えて大切にするからと、由多が乞う。

耳元に、凌は口づけて由多の肌を探った。

「先生、キスを」

唇を合わせてももらえないのに、それでも由多の息が上がる。

抱かれて、ふと、甘い匂いがした。思うまいとしていたさっき出て行った女から香った、香水の匂いだ。

「……っ……」

唇を由多は嚙《か》み締めた。

信じたいこと、信じなければ立っていられないこと、信じられないことが一度に胸に押し寄せる。

今はっきりしている本当は由多が、凌に恋をしていることだけだ。

震える指で、由多は凌の髪に触れた。ふと自分を見た凌の唇に、自分から唇を合わせる。五度目のキスは、由多からのキスになった。

不意に、何処《どこ》か上滑りだった愛撫《あいぶ》とは裏腹に、凌が深く由多を抱く。

唇を嚙んで這《は》わせた舌を絡めて、まるで情交のように凌は由多を犯した。

「ん……っ、……っ……」

わけがわからなくなって、喘《あえ》ぎが漏《も》れていることに由多は気づけない。

けれど凌はちゃんと聞いていて、口づけを解いた。

「……大人みたいな目、するんじゃないよ」

体を起こした凌に目元を親指で拭《ぬぐ》われて、涙が零れていたことに由多が気づく。

「僕は……もう、子どもじゃない」

震えたけれど由多は、続きを乞うて凌に手を伸ばした。

「先生のものになりたい」

そうしたらきっと、この胸に覆う靄《もや》がきれいに消える。

愚かで浅はかな思いを咎めるように、凌は見たことがないような酷く険しい目をした。

「帰りなさい」

命じる声は、教師の声だ。

「ここにいたら抱いてしまうから」

もう一度凌は、帰りなさいと言った。

心も体も、由多は凌の元に留まりたかったはずなのに、離れて立ち上がる凌がわからない怖さが手元に帰る。

凌のものになることを望んだ由多の体は、ようようソファから立った。

「また、水曜日に来ても……いいよね？」

尋ねながらアルタートケースを取った由多に、凌からの答えはない。

「また、来るね」

振り返りもしない凌の背に言い残して、由多は見送られることもなくアトリエを出た。

夜の外気に触れて一人になったら、膝《ひざ》から力が抜けていった。往来に座り込んで、由多は泣きたかった。

けれど泣いたらもう、この不安から戻れない。

泣くわけにはいかない。好きな人を信じていたい。

愛されていないだけならまだ救われるけれど、凌の口づけはわざと由多を傷つけようとしているように思えてならない。

大切に由多は、そのキスを数えていたのに。

それでも凌のキスを抱いて帰ろうと自分に言い聞かせながら、由多は長いことそこから立ち上がれなかった。


直後の水曜日、由多は結局凌のところに行けなかった。

普段ほとんど使わない携帯のメールで、「今日は行けません。ごめんなさい」と凌に送ったけれど、返事はない。

けれど凌のもとに行ってまたあの冷たいまなざしで抱かれたら、今度こそ由多は泣いてしまう。ただでさえ見えなくなっている凌の顔が、由多の中から消え失せてしまう気がした。

よどんだ気持ちとは裏腹によく晴れた土曜日、由多は渡された名刺を頼りに明彦《あきひこ》のアトリエを訪ねた。大学からは離れているが、由多の地元からはむしろ近い。駅から遠い緑の多い町に、明彦のアトリエはあった。

これもまた由多には少し気の重いことだったけれど、約束されてしまったので仕方がない。仮にも明彦は、大学の講師だ。言いつけを勝手に反故《ほご》にするわけにはいかない。

ゆるやかな上り坂を歩いていると、坂の上に明らかにそれとわかる建物が見えて来た。最近建てられたのだろう丈の高い白いコンクリートの建物は、屋根が丸くなっている。ほとんど講義にも来ないので二度しか見たことのない明彦を、それでも連想させるアトリエだと思いながら、由多は少し躊躇《ためら》ってインターフォンを押した。

松田の皮肉や、亜紀《あき》の言葉が思い出される。

なんなのかはわからないが手伝いを終えたら、帰って、凌に電話を掛けてみようと思った。会わないでいても、凌のことばかり考えている。

「こんにちは、小鳥井《ことりい》です」

どちらさまとインターフォンの向こうから問われて、最近また少し伸びた背を屈《かが》めて由多は名乗った。

「ああ、待ってたよ。悪いね、わざわざ」

朗らかな声を聞かせて玄関を開けたのは、眼鏡《めがね》が顔の一部のようによく似合う明彦本人だった。

「うちからはそんなに遠くありませんでした」

白いシャツにラフなパンツを穿《は》いた明彦が、答えた由多に「それは良かった」と笑う。

「好きなスリッパ履いて上がって」

「はい」

奥の、アトリエと思《おぼ》しき部屋に行ってしまう明彦に、慌てて由多はついて行った。

丸く作られたその広い部屋は、全方向から光が差し込んでいる。

「うわあ……すごい」

足を踏み入れて、イーゼルと画材が真ん中にあるアトリエで、由多は口を開けて辺りを見回した。

「建築家と揉《も》めに揉めながら、去年ようやく完成したアトリエなんだよ。君みたいな才能のある若者に羨《うらや》まれるのは、とても嬉しい」

白い壁に張り巡らされた大きな窓には、薄い白いカーテンと、厚い遮光《しゃこう》カーテンが二重に用意されている。光を加減するのだろう。

「本当に、羨ましいです。毎日こんなところで絵が描けるなんて」

戯《おど》けた明彦に、由多は真顔で答えた。

「藝大《げいだい》のアトリエは本当に暗くてね。学生時代それが嫌でたまらなかった。何か飲むかい？」

「いえ、おかまいなく」

茶器の乗っている棚に向かった明彦に、由多が首を振る。

「油絵、持って来た?」

答えを無視してコーヒーを淹れ始めた明彦が、由多に尋ねた。

「はい」

肩に掛けていたキャンバスバッグを、由多が床に下ろす。自宅から無造作に選んで持って来た三枚の絵を、明彦の前に取り出した。

「ふうん」

由多にもコーヒーを渡して自分も飲みながら、明彦が絵の前に屈む。何を思うのか少しもわからないまなざしで、明彦は由多の絵を検分した。

「もういいよ、しまって」

その時間は、長くはない。

「あの、僕は何を手伝ったらいいんですか?」

まるで様子は違ったけれど、テレピン油の匂いをかいで学校とは違うアトリエに立ったら、やはり凌のアトリエが、凌が由多には酷く恋しくなって、絵をしまいながら由多は尋ねた。

「搬入でしょうか?」

「搬入なら業者に頼むよ。ちょっとそこに立って」

低く広い台が作ってあるイーゼルの向こうを、明彦が指さす。

「ここですか？」

椅子が置かれているそれがモデル台だと気づいて、由多はスリッパを脱いで上がった。

「まあだいたいその辺」

首を傾けて由多を眺めながら、明彦がイーゼルの上に白い地塗りの済んでいる大きなキャンバスを置く。

「子どもが描きたかったんだけど、少年のモデルっていないじゃない？　ちょっと座ってみて、その椅子に」

「いないんですか？」

言われるままゆったりとした椅子に腰掛けて、由多は尋ねた。

「美術モデル事務所にはいないんだよね。君、描かせてくれないかな？　もちろんモデル代は払うから」

思いがけないことを明彦に言われて、戸惑う。

「今日だけなら」

断り切れず、考え込んで由多は答えた。

「何回か来てよ」

不思議に押しつけがましさは見せず、明彦が乞う。

「でも……」

今日用を足したらすぐに帰ろうと思っていた由多は、困り果てた。大学に入って忙しいからではなく、人が変わったような凌のこと、喧嘩別れになってしまった永遠のことで、由多は今精一杯だ。

「描かれる側になるのも、貴重な勉強だよ」

もっともらしいことを、明彦は陽気に笑って言った。

「僕も大学のときに持ち回りで描き合ったことあるけど、何もしないでじっとしてるとホントろくなこと考えない。経験してみてよ」

ふざけているのか本気なのかわからない口調に、笑ってしまった由多を、椅子に座って明彦が描き始める。

「もう描いてる。契約成立だ」

「三宗《みつむね》先生……」

「明彦でいいよ。その名字大仰《おおぎょう》じゃない？　画家になるときに変えれば良かったな。上だけ脱いでくれる？」

苦笑して名前を呼んだ由多のシャツを、明彦は指さした。

「はい」

強引な明彦に振り回される形になったが、少し愉快で、言われるまま由多がシャツを脱ぐ。脱ぐことには躊躇いはない。

ここに留まるのは、ほんの少し考えるのを休みたいような、そんな気持ちだった。

「僕、子どもに見えますか?」

台の上にシャツを畳んで置いて、由多が明彦に尋ねる。

「なんで?」

「今子どもが描きたいって、おっしゃったから」

まるで鍛えていない体を晒《さら》しても、由多は恥ずかしいという気持ちに及ばなかった。

「ああ、子どもっていうか。なんか無性的なもの描きたかったんだ。君ぴったり、その貧弱な体。下の名前なんていうの?」

「それは貧弱ですけど……由多です」

そんなに早口で喋《しゃべ》るわけでもないのに、明彦は誰よりも自分のペースを決して譲らない人だとぼんやりと由多が思う。

気づくと明彦の望むように、由多は動いていた。

こんな風に自分の意思のない行動をすることが、普段ないのだとも知る。立場は違うけれど六年間教師だった凌は、いつでも由多の意思を尊重してくれて、由多を待ってくれた。だから由多は元々持っている自分のゆっくりさを、大きく否定せずに今日まで来られた。

俺でもその人が、好きになるな。

ふと、凌を愛した訳を教えたときの、それ以上を追えなかった呟《つぶや》きが由多の耳に返る。

明彦のペースに押されて一瞬だけ忘れていた、曇った気持ちが胸に戻った。

「在り来たりな言い方すると、宗教画の天使みたいだよね。由多。無邪気で残酷な感じ。全体に色味が薄いのに鮮やかできれいだよ。夢の中にいるみたい。君の絵と君は、よく似てる」

凌のことを考えていたせいだけでなく、きれいだと言われても照れたりする気持ちに由多はなれない。

流れるような明彦の言葉には、あまり明確な心が感じられなかった。

「僕の絵は……全部、僕の先生に教わったものです」

話術に嵌《は》まって明彦のアトリエにいるけれど、自分の教師は凌であることを、由多が言い置く。

「絵画教室の先生?」

尋ねる明彦からは、松田たちのようにそれを馬鹿にする気配はなかった。

「はい。六年、習いました。今も習っています」

だから由多は、明彦に自分の絵を認められることが、嬉しく思える。

自分を褒《ほ》められることは、凌を肯定されることだ。

「どんな先生?　どんな絵を描くの?　由多の先生は」

手元を止めずに、下絵をせず薄い色で由多の輪郭をなぞりながら、明彦は訊いた。

「先生の絵は」

それを尋ねられると、由多は答えられない。

「僕のタッチや色使いは、先生と同じものです」

「そんなわけないでしょう？　答えになってないけど」

あっさりと、明彦は由多の言い分を否定した。

「君の先生は、絵を描かないの？」

もう一度、明彦に問われる。

口を噤《つぐ》んで、由多は凌を思った。

何故、凌は自分の絵を描かないのだろう。それなら何故、絵画教室を受け継いだのか。何故自分は、こんなにも凌を知らないのだろう。こんなにも凌が、好きなのに。

最近の凌は、どうしてしまったのか。

赤い唇をした女は、本当はなんだったのか。

ただ考えていても、由多には答えは運ばれない。

不意に、明彦はそれ以上言葉を継がなくなった。筆でキャンバスに色を置く彼が、何も聞こえないほど集中しているのがわかって、由多はそのまま椅子に背を預けていた。

五月の真昼のアトリエは、裸でも寒くはない。

本来ならモデルには、二十分ごとの休憩が与えられる。けれど明彦は創作に没頭していて、由多が人間だと覚えているかも怪しかった。

さっき明彦が言った通り、描かれる側になることは確かに由多には必要な体験だった。

いつも由多が凌を描いているとき、凌はどんな気持ちだったかを考える。

まるで集中できないこともあれば、由多は今の明彦のように凌を放って描くことに夢中になるときもあった。

「……先生、どう思ってるんだろう」

会う理由が欲しかっただけでなく、由多は純粋に好きな人が描きたかった。

今、由多は、凌の顔が見つけられずにちゃんと描けていない。でも凌の前で凌を探して好きな絵を描いていられることは、ただ幸せでもある。

描かれている凌が何を思うのか、由多は考えてみようともしなかった。

「あ、日が暮れてきたな。ごめん！　休憩もさせないで」

光の射し方が変わって、ようやく明彦が筆を置いた。

「いいえ」

「モデルさんたちみたいに、タイマー掛けてくれる？　乗るといつまでも描いちゃうから、僕」

慌てて明彦が、由多に歩み寄ってシャツを取る。

「三宗先生のおっしゃる通り、大事な経験でした」

「明彦でいいって、呼んでごらん？」

子どもにするようにシャツに腕を通されて、明彦に由多はされるまま動いてしまった。

「明彦、先生?」

「いい感じ。このまま僕の教え子にならない?」

仕方なく明彦を呼んだ由多に、彼が笑う。

「え?」

呆気《あっけ》にとられた由多のシャツのボタンを、下から明彦は丁寧に嵌めた。

「個人的に生徒を持つつもりなんかなかったんだけど、まだ若輩だしね。大学の特別講師も、母校とのしがらみで引き受けてるだけだし。休講多いの前提で。悪いけど自分の制作したいから」

自分の事情と状況を、明彦が由多に教える。

「でも君の絵を見て、気が変わった。近くに置いておきたい」

「何をですか?」

「君の才能」

よく飲み込めずに尋ね返した由多に、悪戯《いたずら》っぽく明彦は笑った。

「僕が他人の才能に脅威を抱いたのは、君で二人目だ。光栄に思って欲しいな」

確かに明彦の絵は有名で由多も見たことはあったが、光栄に思うにはまず由多が明彦の絵を敬わなければならない。

アトリエの隅で乾かされている明彦の絵を由多は見たが、言葉は喉元《のど》に上がらなかった。

実物を間近で初めて見たが、見たことのないような色使いが生き物のようにうねる明彦の絵は、由多には何か怖い。

「一人目の方は?」

代わりに、なら一人目はどうしたのだろうと気になって尋ねた。

「んー?」

珍しく困ったように、明彦はすぐには答えない。

「潰《つぶ》れた」

多くは語らず、明彦は肩を竦《すく》めた。

「そういうことにならないようにね、育つのを眺めたい。君にあと必要なのは、技巧的なことぐらいだよ。それぐらいなら僕にも教えられる」

この人は自分が凌の話をするのを、少しも聞いていなかったのだろうかと惑いながら、由多は一つしかない返事をするために口を開いた。

「僕には、僕の大切な先生がいます。他の先生につくつもりは、ありません」

ただそれだけをはっきりと、由多が明彦に告げる。

一番上のボタンを、明彦は指に取った。

「それって、どんな先生か少しも答えられなかった先生のこと?」

人の悪い笑みは、決して明彦は浮かべない。穏やかにやわらかな声で、由多をゆっくりと圧迫するような問いを投げた。

波紋のように、明彦の投げた小石が由多の心の中に心細さを広げる。

ここを出たらすぐに凌に連絡しようと思っていた由多の思いが、小さくひしゃげた。問われても答えられなかった凌の顔を、思い出すのに必死になる。

好きな人に会いたい気持ちが、目を逸らしているいくつもの不安に押し潰されかけていることから、由多は心を逃がそうとした。

翌日も由多は、得意ではないメールを凌に打った。

会いに行ってもいいですか。

短い一文に、返事は来ない。

次の水曜日が来たら凌を訪ねようと思いながら、日曜日のファミレスで、由多は二度目のホールに出されていた。

「もうあの二人はクビだな」

無断欠勤をした女子のことを愚痴《ぐち》りながらチーフに渡されたエプロンを纏《まと》うのは、由多には気が重い。

ホールを見回すと、あれ以来初めてシフトが一緒になった永遠が、自分を見ないでいるのが由多にはわかった。

中学一年生の出来事のあと、永遠はほとんど由多に怒らなかったが、それでもたまに小さな行き違いがあるといつも由多から声を掛けた。

けれど今回は由多は、永遠に話しかけることができない。

言えることがないのだ。この間永遠に投げられた言葉に、答える言葉を何も持っていない。

それに、あの後凌のところに行って最初に見たものは、美しい女の姿だ。香水の匂いを忘れたいと思いながら、由多は忘れられないでいる。

「……先生？」

不意に、入り口からいつものように形の整ったシャツを着た、凌が入って来るのが由多の目に映った。

「先生！」

会いに来てくれたのかと、迷いも、今考えていた女のことも、バイト中であることも忘れて由多が駆け寄ってしまう。

「大きな声出すんじゃないよ。バイト中だろ？」

苦笑して、凌は由多の前で立ち止まった。

店は混んでざわめいているが、待つほどではない。

「会いに来てくれたの？」

「夕飯食べに来たんだ。メール返さなくてごめんな」

素っ気なく言って凌は、まるで似合わないファミレスを見渡した。ふと一所で、凌の視線が止まる。

何を見ているのだろうと、凌が見つけてじっと見ている方を、由多も振り返った。

視線の先では、接客中の永遠が最初から気づいていたように、凌を睨《にら》んでいる。

「すっかり大人になったな、桂木くん」

何故だか凌は、ただ永遠を見ていた。

「そんなに久しぶり？」

「同じ町にいても、意外と会わないよ。由多」

やっと、凌が由多を呼んで、振り返ってくれる。

「仕事、しないのか」

「あ……ごめんなさい。お待たせしました、禁煙席でよろしいですか？」

促されて由多は、二人用の席に凌を案内した。

「お水とおしぼり、お持ちします」

頭を下げて水を取りに行く由多の、胸が酷く躍る。

考えまいとしていたまるで愛されていないような疑念は、メールの返事が来ないことで大きくなっていたが、凌から会いに来てくれたのだ。

三月に告白して二ヶ月になるけれど、凌から由多を訪ねてくれたのはこれが初めてだ。

どんな不安も、拭えるような気持ちになる。

「メニューはお決まりですか？」

「水曜日、来なかったな」

テーブルに備え付けられたメニューを開きながら、なんでもないことのように凌は言った。

「……ごめんなさい」

「謝らなくていい。それでいいんだ」

由多を見ないまま、凌が呟く。

「どういう意味？」

やっと消え失せようとしていた、由多の胸をずっと覆っていた不安がまた、水に落とした油のように広がった。

覚えず尋ねた由多の言葉に、凌からの返事はない。

もう一度あてもなく由多が口を開こうとすると、不意に隣に永遠が立っていた。

「丁度良かった。久しぶりに君に会いたかったんだ」

凌も永遠に気づいて、薄く笑んで不思議なことを呟く。

「……ご無沙汰《ぶさた》してます」

低く落とした、不本意そうな声を、永遠は聞かせた。

「ずっと、由多と仲良くしてくれてるんだってね」

普段由多が聞いているのとは違う、外向きの言い方で凌が永遠に尋ねる。

「はい。でも」

でも、と言ってそれきり黙り込んで、永遠は物言いたげに凌を睨んだ。

けれど凌は構わず、自分に向けられた永遠のまなざしを見ている。

「永遠」

自分と仲違いしたままだからなのかと、覚えず由多は永遠に呼びかけた。

「まだ喧嘩してるのか？　仲直りしてやってくれないか」

投げられた凌の言葉に、永遠の顔が険しくなる。

「これからも、由多をよろしく頼むよ」

「俺は」

何故そんなことを今永遠に言うのかと惑った由多の前に、永遠は立った。

「俺はずっと由多といました。あんたに何も頼まれる筋合いはねえし、あんたみたいな……っ」

突然大きな声を立てた永遠を、店中の人間が振り返る。

「……こんなガキと」

つきあうようなやつとという永遠の呟きは、由多を思ってか小さくなった。

「何してるんだ桂木！　お客様に‼」

騒ぎに気づいて、すぐにチーフが飛んでくる。

「……桂木くんは、由多がとても大事なようだ」

まるで由多に教えるように言って、凌は席を立った。

「大変失礼いたしました！」

駆けつけたチーフが、凌に頭を下げる。

「いえ、僕が彼に失礼なことを言ったんです。騒がせてすみません。まだ注文もしていないので、帰ります。彼を叱《しか》らないでください」

僕が悪いのでと言い置いて、凌はもう由多を見ないでテーブルを離れて店を出て行った。

慌てて凌を追おうとした由多の腕を、永遠が掴む。

「どうして、永遠。あんなこと」

永遠が凌に突然怒鳴ったことを由多は咎めたけれど、答えはなかった。

永遠に引き留められたら、由多はもう凌を追えなくなった。

それだけでなく、初めて凌から会いに来てくれたと思ったのに、ますます凌が見えなくなる。

厨房《ちゅうぼう》に戻されて永遠と由多はきつく叱られて、けれど人手がないから帰すわけにも行かないと、決まった時間まで引き留められた。

同じ時間にバイトを終えて着替えて、気まずく永遠と一緒にファミレスを出る。

「永遠」

先に行ってしまおうとした永遠を、外灯の心細い往来で由多は呼び止めた。

「何か怒ってるなら、ちゃんと言って欲しい」

拒むような背に、必死で由多が訴えかける。

「永遠と気まずくなったこと、先生に話したのがいやだった？　ごめん……この間永遠と別れてそのまま先生のところ、行ったんだ」

張っていた肩から、少しだけ永遠が力を抜くのがわかった。

「俺に言われたことが不安になったのか」

隣を歩くのを許すように立ち止まって、永遠が由多を少しだけ振り返る。

空けられたように見えた永遠の横に、由多は追いついた。

そのまま並んで、人気《ひとけ》の少ない夜の道を歩く。

「今日あいつ、何しに来たと思う」

考え込むように黙り込んでいた永遠が、不意に、由多に問いかけた。

答えに、由多は惑った。問われても由多には、凌が何もわからない。それが今は、酷く辛《つら》かったけれど。

「僕が永遠と喧嘩したって相談したから、仲直りしてって永遠に……お願いしに来てくれたんだよ」

目に見えたまま、自分に都合のいいようにしか受け取っていない自覚は、由多にもあった。

「そんな風に見えたのか？」

呆《あき》れた声を、永遠が由多に投げる。

「じゃあ永遠にはどう見えたのか、教えて」

俯いて由多は、永遠に乞うた。もし永遠に凌がわかったというのなら、それを自分に教えて欲しいと、心から由多は思った。

「俺を」

躊躇う間を、少し永遠が落とす。

「確かめに来たみたいに、見えた」

「なんでそんなこと」

意味がわからず、由多は永遠に訊いた。

五月の夜の心地よい風が頬を撫《な》でるけれど、由多は風に気づく余裕もない。

「俺は同じことしたからな。俺が三ヶ月あいつのとこに、マジで絵を描きに行ってたって思ってんのか。俺ドラえもんも描けねえぞ」

肩を竦めて、永遠は中学二年生のときのことを、由多に打ち明けた。

「おまえがあいつのことばっか喋るから、どんなやつなのか確かめに行ったんだ。おまえが」

今夜はらしくなく、永遠の言葉が時々止まる。

「心配で」

聞かせるのを、躊躇うように。

「あんとき俺はおまえをあいつから引き離したかったけど、ガキだったし、おまえにあいつが必要なのもわかったから何もできなかった。今でもあいつとのことは心配だ」

引き離したかったという永遠の言葉を、初めて由多が聞く。

永遠が凌をよく思っていないことぐらいは知っていたが、そうまでと由多は考えたことはなかった。

どう永遠に言葉を返したらいいのか、すぐには思いつかない。

「何も、心配されるようなことはないよ」

また、由多は嘘を吐いてしまった。

ずっと嘘を口にせずに来たつもりでいたのに、最近こんな風に、思ったことと違うことを由多は口にしている。

嘘を、繰り返している。

不意に、街路樹の下で永遠は立ち止まった。

「おまえ、俺の目え見て、あいつと上手くいってるって言えんのかよ。なんともない、大丈夫だって」

つられて立ち止まった由多を振り返って、向き合う。目を、永遠は真っ直ぐに合わせた。

今度は由多も、嘘を用意できない。

「本当は最近」

先生がわからない、だから先生の顔がちゃんとわからないと教えそうになって、けれど由多は堪《こら》えた。

口に出したら、その言葉に負ける気がしてならない。

「この間、永遠と別れて先生のところに行ったら、女の人、出て来た」

代わりに由多は、胸に掛かっている凌自身の心とはまた別の不安を、永遠に聞かせた。

「モデルさんだって、先生は言ってた」

自分を抱きしめた凌から、女の匂いがしたことまでは、言えない。

「あんな、遅い時間にか?」

問い返しながら永遠は、何故だかハッとしたような顔を、由多に見せた。

「……変な、雰囲気の女? 唇の赤い」

具体的に永遠が綴《つづ》った女が、由多が見た女と合致する。

「永遠も見たことがあるの？　きれいなひと」

あの女が凌の元にいたのは初めてではないのかと、由多は息を呑んだ。

「きれいか？　なんか荒《すさ》んだ感じで。絵画教室やめた日に一回家に帰ったんだけど俺、夜、あいつのとこ行って」

「なんで」

不思議な永遠の行動に、覚えず由多が問い返す。

「なんか言おうと思って」

「何を？」

「わかんねえよ。でも女がいて、アトリエに」

説明のできないことを尋ねる由多を振り払って、永遠は話を進めた。

「じゃあやっぱりモデルさんなんだね」

安堵して息を吐いた由多に、永遠が顔を顰《しか》めて首を振る。

何を教えられるのか怖くて一歩下がった由多の手首を、永遠が摑んだ。

「灯りが点いてて、カーテンが少し開いてた。だから二人がよく見えて」

記憶を反芻《はんすう》するように、永遠が一瞬目を伏せる。

「あいつ、女に金渡してた」

そしてまた由多を見て、永遠は告げた。

「モデル代だよ、きっと」

何もおかしなことではないと、由多が笑おうとする。

「女が中を確かめてて、俺には大金に見えた。モデル代って、あんなに掛かるもんなのか？」

「見てないから、僕には」

「俺あのとき、そのことおまえに言えなかった。なんか」

わからないと言おうとした由多を、永遠は遮った。

「おまえが信じてる先生とそれ、違うんじゃねえのかって、ずっと引っかかってた」

また夜風が二人の頬を撫でて、街路樹が騒ぐのに今度は由多もそれに気づく。

「じゃああの人……先生の恋人じゃ、ないんだね」

自分を恋人だと言った凌に限ってそんなことはないと信じていたけれど、そのことだけを由多は受け止めた。

「恋人の方がマシだろ。まともな状況とは思えねえよ。なんか強請《ゆす》られてんじゃねえのか？」

「先生が、何を強請られるんだよ」

強い永遠の言葉に驚いて、由多の声も大きくなる。

「だから、人に言えねえようなことがあるってことだろ」

「どうしても永遠は、先生を悪者にするの？」

無理矢理話を継ぎ合わせているような、そんな口調ではないことは、本当は由多にもわかっていた。

「先生が何か困ってるなら、僕は助けたい」

思い詰めて、由多が心のまま呟いてしまう。

「いい加減にしろよ！　おまえの手に負えるような話じゃねえから俺も黙ってたんだよ‼　もうあいつのことはあきらめろ！」

堪えかねると永遠は、六年ぶりに、由多に感情的に怒鳴った。

「あいつは今日、俺を確かめに来た。昔のまかって、見に来たんだよ」

認めろと永遠に言い聞かせられていることが、由多には少しも理解できない。

「俺に、おまえをよろしく頼むって言った。そういうことなんじゃねえのかよ」

何かずっと躊躇っていたような手で永遠は、由多の髪に触れた。

訳を問う由多の瞳を見ずに、永遠が由多を抱きしめる。

「……永遠……？」

尋ねて名前を呼んだ由多の髪を、永遠は抱いた。

投げかけの答えの代わりに、永遠の唇が由多の唇に触れようとする。

「……っ……」

反射的に由多は、永遠の胸を両手で押し返した。

力では決して敵わない永遠の体が、二歩、由多から離れる。いつもの強引さは、永遠にはなかった。

「永遠は」

少し、由多の声が震える。

「もしかして僕が男の人を好きになったこと、軽蔑《けいべつ》してる?」

今まで考えもしなかったことを、由多は永遠に尋ねた。

「揶揄《からか》ってるの?」

責めずにただ、言葉が弱る。

俯いて永遠は、髪で目元を隠していた。随分と永遠は、由多を待たせた。

「おまえといるときの俺を、そんな人間だと思うのか?」

絞り出された声に、由多は答えが見つからない。

「……そうだね、ごめん。でも、酷い悪ふざけだよ」

謝るほか、由多にできることはなかった。

「もっと、キスとか、大事にして欲しい」

告げながら、そう言えば永遠はよくもてたけれど恋の話を聞いたことがないと、気づく。

「キスは中二のとき、別のクラスの女とした」

思った途端心を読んだように、永遠が由多に教えた。

「初めて、聞いた」

　ずっと永遠のそばにいたので、由多はクラスの女子に橋渡しを頼まれたこともある。上手くできる自信はなくて、永遠はちゃんと告白すればきちんと答えてくれるはずだと、その度彼女たちの裁量に任せてきた。

「高二のとき、一個上の女抱いた」

　突然の永遠の話は、由多には衝撃だった。

　ずっと親しい友だと思ってきたのに、そんな大きな秘密を持たれてると由多は想像しなかった。

　自分はいつでも、永遠に凌の話をしてきたので。

「別にどっちも好きじゃなかった」

　自棄《やけ》のように永遠は、決して大きな秘密ではないと笑う。そして言い捨てたまま、由多に背を向けた。

　そのまま歩き出した永遠は駆けたりしないのに、由多を強く拒んでいるように見えて、後を追うことができない。

　大切なただ一人の親友と、好きな人とを、一度に隠されたようになって、由多は立ち尽くした。

また水曜日が巡って、由多は凌にもう一度「今日は行けません」とメールを打った。

当然のように返事はない。

会いたかったけれど降り積もるばかりの凌への不安と、誘発されたような永遠との不和で、由多は何も話せることが思いつかない。

会うのも本当は怖い。

凌に会うのが怖いときが来るなどと、由多は考えたこともなかった。告白する前、少しも今のような状況を想像しなかった。

メールを打った後眠れずに夜を過ごして、自分の行き場が何処にもないような思いのまま、もう随分と早くなった夜明けの道を由多は歩いた。

住宅地から少し高く上がったところに、中学一年生の夏、凌のそばで朝焼けを描いた場所がある。公園でもなんでもないその場所は、ずっと放って置かれている小さな空き地だが、由多がその場所を間違えることは決してない。

水彩の道具を抱えてその場所に辿《たど》り着いた由多は、立ち止まって目を瞠った。

「……先生」

朝を描こうと思っていた空き地に、凌が立っている。

この町で一番最初に朝が来る場所だと、そこを由多に教えたのは凌だ。

思い切り凌を呼びたかったけれど声が出ずに、由多は傍《かたわ》らに駆け寄った。

驚いて由多を振り返った凌が、少し困ったような顔をしている。

「由多」

ようよう、名前だけを凌は、呼んでくれた。

昨日は行かなくてごめんなさいと、由多は言わなかった。

自分にとって一番大切な場所に凌が、いてくれた。もう信じられないことなど、何もないように思える。

「どうした。こんな朝早くに」

偶然の訳を尋ねたのは、凌の方だ。

「同じ理由なら……嬉しい。ここは、僕には先生との大事な場所だから」

泣いてしまいそうになった唇を噛み締めて、無理に、由多が凌に笑いかける。

五月の朝は、透明に澄んだ青だ。六年前に凌に与えられていたその青は、今も変わらずに由多の目の前に広がっている。やわらかな光を帯びて。

少しだけ凌は、由多に笑い返した。同じ思いでここに来たとは、語ってはくれない。

「水彩、描きに来たのか？」

「うん」

尋ねられて由多は、顔を綻《ほころ》ばせて頷《うなず》いた。

「好きだな、水彩」

「でも油絵の具で透明感探すのも、好きだよ。先生にもらったホルベイン、すごく大切にとってある」

「使わなきゃ意味がないだろ」

「先生の絵を描くときに、使おうって決めてるんだ」

これまでと変わりのない、他愛ないけれど幸いな言葉を自然に凌と交わせて、由多の心が酷く穏やかになる。

その凪《な》いだ思いは、随分と久しぶりに思えた。

「俺の絵か」

「まだ下絵も、進まないけど。先生の顔、描くの難しい」

告げながら今なら、由多はここのところずっと見えずにいた凌の顔が、ちゃんと描けるような気がした。

「そんな複雑な顔してないよ」

笑った凌に、嬉しくなって由多が少し寄り添う。

手を繋《つな》ぎたいと願ったけれど、凌に触れることに僅《わず》かな躊躇いが居残っていた。

　指先を見ている由多に、凌が気づく。

　朝を二人で歩いた頃、本当にたまにだけれど由多を連れるようにそうしてくれた凌が、そっと指先に指先を絡めた。

　胸に火が灯ったようになって、ただ嬉しくて由多が唇を噛み締める。涙が零れてしまいそうなほど、由多は凌への思いで胸をいっぱいにした。ずっとこんな風に、また凌にやさしく手を繋いで欲しかった。

　そんな由多を何故だか酷く切なそうに、凌は見ていた。

「随分、背が伸びたな」

　指を繋いだ凌のまなざしが、六年前の由多を見ている。

「高二のときには、もう今ぐらいになってたよ」

　笑った由多にも、凌が遠い自分を見ているのがわかった。

「うちに来た頃は、まるで子どもだった」

　溜息のように呟いて、凌が過去を思い返す。

「大学を卒業して、あの絵画教室を祖父に託されて。そしたら由多が、すぐ入って来た」

　涼やかな朝の風が二人の髪を、ゆるやかに撫でた。

「中学生になってすぐだったね。おじいちゃん先生だって聞いてたから、すごくびっくりしたよ」

アトリエを初めて訪ねた日のことは、由多もはっきり覚えている。迎えてくれた青年は、清潔なシャツを着て少しぎこちなく、由多に笑いかけた。

「最初、ちょっとだけ怖かった。先生」

一度も言わなかったことを、由多が凌に教える。

「そうかもな」

ここからはいくらか歩く二人が出会ったアトリエを、凌は探しているように見えた。

「一対一の生徒はあのときまだ由多しかいなかったから、少し緊張してたんだ。この子が」

たくさんの屋根の中の一つに、凌が由多がいた場所を見つける。

「泣いたらどうしようって」

独り言のように、凌は酷くやさしい声で言った。

「そんなに子どもじゃなかったよ」

その夢の中に似たやさしさを聞いてもいたかったけれど、幼子のように語られて、由多は首を振らずにはいられない。

「子どもだったよ。絶対に……泣かせたくなかった」

揶揄うようにではなく、凌は由多を見て笑った。

繋いだ指を放したくなくて、今は大人だと由多は言わない。それを告げたら、凌に手を放されるような気がした。

もう恋人だと由多に言ってくれた湊は、いつ、由多をそんな風に見てくれるようになったのだろうと、不意に思う。

相手にされるわけがないと思いながら、告白をした。けれど相手にされなくても、由多には湊が一番大切なことは永遠に変わらないと信じている。

信じたまま、気持ちを打ち明けた自分を見た、湊から初めて向けられたまなざしを由多ははっきりと思い出した。

冷えた湊のまなざしは、何か絶望しているようにさえ見えて、絶対に自分が受け入れられることはないとあのとき由多は思った。

何故、湊は口づけてくれたのだろう。

けれど今は、由多は何も問いたくはなかった。

やさしく繋がれた指先の湊と、朝を眺める時間を、失いたくなくて。


三回に一回あればいい方の明彦《あきひこ》の講義が、学生が席に揃《そろ》ってから休講を告げられた。

講義室からは出る者も多かったが、構わず由多《ゆた》はクロッキー帳の湊《りょう》を描いた。この間繋《つな》いでくれた指を、思い出してなぞる。

しまい込んでいるホルベインの二十四色で、最初に描くのは凌だと、由多は決めていた。

講義室に残った学生達が騒ぐのも、由多の耳には入らない。校舎の外の緑が、手元に影を作るのに早く凌に会いたかった。

「小鳥井《ことりい》由多、いるか?」

不意に、講義室の後ろのドアが開いて、由多の名前が呼ばれる。

「子どもじゃないんだから、静かにしなさい。君たち」

ついでのようにその声が講義室に注意を放つのも、凌の指を描くことに集中しすぎている由多には聞こえなかった。

「小鳥井、呼ばれてるわよ」

仕方なさそうに亜紀《あき》が、由多の肩を叩《たた》く。

驚いて由多が顔を上げると、一年生を担当している学校職員が、振り向いた由多に気づいて歩み寄って来た。

「君が小鳥井?」

「はい」

何か提出期限でも間違えただろうかと、慌てて由多が立ち上がる。

「三宗《みつむね》先生のアトリエは知ってるな? 放課後来て欲しいと、伝言を預かってる」

「でも」

「今日の講義が全部終わってからでいいそうだよ」

用件だけ言い置いて由多の言い分を聞かずに、職員は足早に立ち去って行った。

「すっかり気に入られたもんだな、三宗先生に」

背から松田《まつだ》の声が掛けられるのに、由多が小さく息を吐く。

「師事するのか」

「しないよ。言っただろ？　僕には僕の先生がいるって」

はっきりと、由多は松田にだけでなく、自分にもそのことを告げた。

「三宗明彦の名前は、絵画なんか興味のないそこらの一般人でも知ってる。絵画教室の終わってるセンセーのために、三宗先生振るのか？」

この間松田は、由多の弱いところを見つけている。そして的確にそこを、突いてきた。

「先生のこと、何も知りもしないで」

青ざめて由多が、クロッキー帳の凌を庇《かば》うように背に隠す。

「終わってるなんて、言われたくない。誰にも」

酷《ひど》く自分が、逆上しているのがわかった。自分のことは何を言われてもぼんやりと流してしまうこともできるけれど、松田が気づいたように由多には凌が自分より大きな存在だった。

「終わってるだろ？　町の絵画教室で、おまえみたいなガキに絵を教えて。そんなのもう、画家でもなんでもないだろ」

むきになる由多に松田は、なおも声を上げる。

「いい加減にしなさいよ」

松田は松田で由多に対して感情の歯止めが効かないのだと気づいている亜紀が、見かねて口を挟《はさ》んだ。

「じゃあ君は何?」

暴力に訴えるという回路が、由多にはまるでない。

「いつも人を選別するのに、一生懸命だね。それで、自分が何者なのかは考えないの?」

頭も回るわけではなかった。ただ、思ったことがなんの濾過《ろか》もされないまま、口から出てしまうだけで。

「君自身は、何者なの? 君は誰? 君の絵は」

「小鳥井」

少しも思い出せないと言いかけた由多を、亜紀が止めてくれた。

「その辺にしといた方がいいわ」

亜紀に肩を叩かれて松田を見ると、呆然《ぼうぜん》と震えている。

稀《まれ》に、由多は誰かにこんな顔をさせてしまうことがあった。

けれど、後悔すれば凌が、いつでも由多を慰めてくれる。

このまま何も考えずに由多は、凌のもとに行きたかった。こんなとき、いつでも由多はそうしていた。凌の腕に抱かれれば、由多を安堵《あんど》させてくれる言葉が、必ず注がれる。

由多は何も、間違いはしていないと。


できればモデルの件も断ろうと決めて、放課後由多は、仕方なく明彦のアトリエに向かった。

「よく来たね」

朗らかに迎え入れられた玄関に、短く挨拶《あいさつ》をして上がる。

招かれて夕方の光の差し込むアトリエに入ると、覚えのある赤い唇が弧を描くのが見えて、由多は息を呑《の》んで立ち止まった。

「こんにちは」

前衛画のような色合いのワンピースを身に纏《まと》って由多に笑ったのは、間違いなく凌のところで会った女だ。

「あなたは……」

「ああ、たまに頼んでるモデルの美以《みい》だ。このアトリエが気に入ったらしくて、用もないのに来るんだよ」

立ち尽くしている由多に、明彦がモデル台の椅子《いす》に座っている異様に色の白い女の名前を教える。

「酷い言い方ね。あたしはモデルだから、アトリエにいるものなのよ」

そうでしょう? と、美以は困ったように由多を見た。言葉は歌うようで、何故ここにいるのか何故凌のところから出て来たのかという問いを、もう由多に綴《つづ》らせない。

「今日は由多を描くんだ。いても相手はしないよ」

「いつも笑ってるのに、いつも明彦は冷たい」

キャンバスの準備を始めた明彦に肩を竦《すく》めて、美以は椅子から立ち上がった。

「あなたの先生とは、大違い。由多っていうの? かわいい名前ね」

出て行きながら由多の肩に触って、耳元で美以が囁《ささや》く。

はっきりと覚えている香水が、由多の手元に残った。

あなたの先生とは、大違い。

美以が凌の何で、凌の何を知っているのか、由多は問いたかったけれど振り返るともう彼女はいなかった。

「自然光の中で描きたいんだ。昼間来られる日ないかな」

出て行った美以の方を見ている由多に構わず、明彦は絵の具を油で溶いている。

「モデル、続けないと駄目ですか?」

「途中でやめろって言うのかい? このF20号キャンバス」

Ｆがつくのは、人物用のキャンバスサイズだ。20号はその中でも大きい。

「脱いで」

仕方なく由多は、上だけ脱いで椅子に座った。

「学校で浮いてるのかな?」

まだ戯れに平筆を置きながら、明彦が自分の眼鏡《めがね》を直す。

「僕に目を掛けられて、余計に孤立してるんじゃない?」

「そんなことないです」

「そう? 君に直接電話すればいいことを、今日はわざわざ学校職員に言いに行かせたんだけど」

級友の前で由多を呼び出したことがわざとだと、あっけらかんと明彦は教えた。

「由多が僕に特別扱いされてることは、事実だからね。みんな知ったらいい」

「どうしてそんな……」

震えていた松田の顔を思い出して、由多の胸が曇る。

硬い椅子に座っているなら、凌のアトリエの椅子に座って、今日の話を聞いてもらいたい。

大丈夫だ由多、由多は間違いはしていないと、凌の声で聞きたかった。

美以のことは聞かなくてもいい。アトリエにいる訳は、さっき美以が自分で言った。

「美以さんのモデル代って、いくらですか?」

永遠《とわ》が見たという大金も、モデル代以外に考えられない。

「一日拘束したら、二万払ってる。全部脱ぐなら、由多にも同じだけ払うよ」

「美以さんは全部脱ぐんですか？」

「大学でも裸婦は何も着てないでしょ？　どうしたのお金の話なんて、僕は今無垢《むく》な天使を描いてるんだけど」

似合わないよと、明彦は笑った。

「大金って、どれくらいなのかと思って」

モデル代をまとめて払ったのだろうかと、永遠の言った大金のことが由多にはやはり気に掛かっている。そもそも淩は、こんな風に人物を描いたりする気配もない。

日が長くなったとはいえ自然光が持つまでの時間は、放課後からはそんなにはなくて、明彦は黙り込んでキャンバスに色を乗せていた。

あたしはモデルだから、アトリエにいるものなのよ。

何度か美以の声が、由多の耳に触った。それが気に掛かるのは、取り繕うような嘘を感じるからだ。

「今、何か制作してる？」

もう絵が描けないくらい日が落ちたことに由多は、パレットの始末をしている明彦に尋ねられるまで気づかなかった。

「……課題で、8号を一枚描いてます」

　気が散ってあまり進んでいない課題のことを明彦に教えて、由多がシャツを羽織る。この間のように、明彦に着せられるのは嫌だ。

「大学に話つけるから、それやめて10号を描きなさい。なんでもいいから」

「どうしてですか？」

「着ちゃったの？　ボタン掛けるの楽しみにしてたのに」

　アトリエの隅にある水道で手を洗って、つまらなそうに明彦が由多を見る。

「掛け違えてるよ、由多」

　歩み寄って由多のシャツを見て、おかしそうに明彦は笑った。

「慌てた？」

　さも愉快そうに明彦が、ゆっくりと由多のボタンを一つ一つ外す。

「楽しいですか？」

　小さく明彦が歌ったのが聞こえて、不快で由多は尋ねた。

「楽しいね。何故なら君は、誰かのものだから」

　歌の続きのように明彦が、囁いてボタンを留め直す。

「人のものは欲しくなる。10号を描きなさい、秋に大きな新人展がある。僕が推薦するから」

「僕は、誰かのものに見えますか？」

詳細は耳に入らず、由多は何かの頼りのように明彦に訊《き》いた。

「君が自分で、言うんじゃない。僕の先生、僕の大切な先生」

「……明彦先生の推薦では、出品しません」

「君の先生に一年生を新人展に推薦したり、できないでしょう?」

一番上のボタンに触れたまま、朗らかに明彦は言う。

けれど眼鏡越しの何を思うか見えないまなざしは、由多を捕らえて反論を許さない。

「それに、君はよく知っておいた方がいい。今まで絵画教室の中にいて何もわからなかっただろうけど、これから君は特別に扱われて特別に妬《ねた》まれる」

何故明彦がそんなことを自分に強いるのか理解できずに、由多はその目を見返した。

「なんでみたいな顔しないでくれないか。理由は、君に特別な才能があるから。それだけだよ」

瞳の幼さを叱《しか》って、明彦がボタンを留め終える。

絵を描いて生きて行くことを由多は疑ったことはなかったけれど、それに見合う才能があるかどうかについては、一度も考えたことがなかった。

いつでも凌が、由多を認めてくれていたので。由多が望むままに。

告白をした日のアトリエでは、凌は指切りをくれた。他の誰の言葉も、由多は気に掛けはしない。そう凌と、約束をした。

「慣れた方がいいよ、どんな扱いにもね。まだ若すぎる。潰《つぶ》れるのも簡単だし」

けれど、まるで自分がそうするかのような指で、明彦は由多のやわらかい髪を撫《な》でた。

「潰そうとする者も、たくさんいるだろうから」

ふと明彦の声が、酷く冷淡になる。

不意に由多は、感じたことのない不自由を纏《まと》った。

いつの間にか明彦に搦《から》め捕《と》られて、何もかもを彼の手に摑《つか》まれている気持ちになる。不安の手がかりでしかない美以も、この部屋にいた。

そうして明彦は、由多の未来をも好きにできるような目で笑う。

それは悪意と変わらないもののように、由多には感じられた。

凌と指切りをした小指を見ようとしたけれど、上手く手が上がらない。代わりに由多は必死に、あの日の凌の声を思い出そうとした。


手を繋いでくれた凌の元に通い、口づけの与えられないことに何故だか由多は安堵していた。

一方で憂鬱《ゆううつ》な思いを抱えながら明彦のところでモデルをしていることを、由多は凌に打ち明けられずにいる。得体の知れない不安を聞いて欲しいけれど、明彦のアトリエには唇の赤い女がいた。

口を噤《つぐ》むことが多くなった最中、不意に、由多の上にも梅雨が訪れた。

穏やかに凌を描いてこのままときが過ぎゆけばいいと由多は思ったけれど、朝に指を取ってくれて以来、由多に触れようとしない凌は物憂げだ。

時々、永遠と仲直りをしたかと尋ねてくる凌の顔を、相変わらず由多は描けていなかった。

「……電話、してみようかな。永遠」

自宅の二階に与えられた個室の窓辺で、夜更けに由多は、凌の顔をクロッキー帳になぞるのをあきらめて独りごちた。

一月近く、永遠とはバイトのシフトが一緒になっていない。あきらかに永遠は、由多を避けている。

けれど最後に自分を見た永遠のことを思い出すと、気持ちが塞《ふさ》いだ。何かの手がかりのように永遠が残していった言葉も、時折耳に返る。

大事なことから目を逸《そ》らしている自分を本当は知っていて、ほとんど使わない携帯を摑んだ瞬間、由多の部屋の窓に何かが当たった。

首を傾げて、恐る恐る由多が窓を開ける。

外には、小雨が降っているのに傘も差さずに、永遠が往来に立っていた。

「永遠！」

久しぶりに顔が見られたことがただ嬉《うれ》しくて、大きな声で名前を呼んだ由多に、永遠が苦笑して唇の前で人差し指を立てる。

弾けるように笑んで頷《うなず》くと、由多は乾いたタオルを一枚取って、急ぎ足で外に出た。

「どうしたの、傘も差さないで。風邪引くよ」

髪にタオルを掛けた由多のされるままになって、永遠は笑っている。

「電話かメールくれたら、待たせたりしなかったのに」

「電話もメールも、おまえ苦手だろ。だからこれ投げた」

ポケットから永遠は、駄菓子屋で売っているような飴《あめ》を取り出して一つ、由多の手に握らせた。

「こないだはごめんな」

謝ろうと由多は思っていたのに、永遠に先を越される。

「ううん、僕の方こそ。ごめん」

けれど言ってから自分が何に謝っているのか、由多にはわからなくなった。

「永遠の顔見たら、ホッとした」

零《こぼ》れた言葉はなんの偽りもなくて、安堵を教える大きな溜息《ためいき》が由多の唇から落ちる。

「なんで」

「怒らせたままだと、思ってたし。それに」

明彦の由多へのあからさまな扱いは、明彦自身が教えた通り、大学で由多の立場を悪くしていた。まるで深追いするように明彦は皆が知るように由多に構い、そのことを由多は少しも凌に話せていない。

恋人になれたのだとしても、由多にとっての先生は凌だ。違う教師に目を掛けられて悩んでいるとは、言い出せなかった。

「新しい環境、全然、上手くいってない」

「もう六月だぞ」

打ち明けた由多に小さく息を吐いて、永遠が自分が掛けられたタオルを由多に掛け直す。

「あ、傘持ってくるよ」

「このぐらいの雨、俺はなんでもねえよ」

家に駆け戻ろうとした由多の手を、永遠が摑んだ。そうして触れてから一瞬で、永遠が放してしまう。

「美大みたいなとこの方が、おまえには向いてると思ったけど。考えてみりゃ逆だったのかな。そっちのがずっと、競争社会なんじゃねえの？」

「……そう、だったみたい。僕は自分の絵を描いていられればいいと思ってたけど」

「いやな思い、してんのか」

「あんまり、好かれてない。いつものことだけど」

目を伏せて笑って、少し疲れて由多は永遠に教えた。

潰そうとする者も、たくさんいるだろうから。

何故だか明彦自身がそうしようとしているかに思えてならない言葉を、由多は反芻《はんすう》した。

「……あいつは、なんて?」

問われて、凌のことだとすぐに由多が気づく。

「美大のことは俺には想像もつかねえけど、あいつになら相談できんだろ」

答えられず、由多は曖昧《あいまい》に笑った。

悪意に由多は慣れてはいたけれど、こうして初めて凌にそれを話せないままそういうものに晒《さら》されて、疲弊しながらも一つ気づいたことがあった。

以前より、ずっと、自分は強くなっている。

もちろんあからさまな厭味《いやみ》やときに強くぶつけられる批判に、何も感じないでいられるわけではない。

けれど由多は、大きくは揺らがずにいられた。凌に認められ、肯定され守られた六年が、由多を真っ直ぐに立たせてくれる。

「先生がいてくれるだけで、僕は大丈夫だよ」

さっきのように曖昧にではなく、由多は永遠に笑って見せた。

「ごめん。せっかく来てくれたのに、愚痴《ぐち》聞かせて」

何か複雑そうに永遠が、由多の笑顔を見ている。

「いや、俺なんもしてやれねえし」

「顔見せてくれて嬉しいよ」

じっと、永遠は由多を見ていた。言葉を待つように見えたけれど、由多はこれ以上永遠への言葉を用意していない。

「別に顔見せに来たわけじゃねえよ。来週土曜日の夜、空けておけって、言いに来ただけだ」

ふっと、話を変えるように永遠は早口に用件を言った。

「土曜日?」

「こないだ言ってた同窓会だ。大学行ってる連中は、もうすぐ試験だろ? だからその前にやろうぜって」

「随分急だね。夏休みになるかと思ってた」

少しだけ由多は、気が重い。幹事だというから永遠は忙しくしているだろうが、由多には他に再会を望む相手はいなかった。

「賢人《けんと》が忙しくて、あいつの都合付く日待ってたんだよ」

不思議と、永遠は賢人に拘《こだわ》っている。何故だか由多には少しもわからなかったけれど、永遠の言うままに頷いた。

「大学の先生の手伝い、休ませてもらう」

それに、明彦のモデルを休む口実ができたと、由多はその日を楽しみにすることにした。

「じゃあ、そんだけだから」

「永遠、本当に傘持って行ってよ。雨強くなってきたし」

ずっと自分だけがタオルを掛けられたままでいたことに気づいて、由多が慌てる。

行こうとした足をふと止めて、永遠は由多を見つめた。

「この間のこと、なんも言わねえの？」

不意に、永遠が少しトーンを落として、由多に尋ねる。

「だから……ごめん」

そこに話が戻るとは思わずにいた由多は、戸惑いながらもう一度謝った。

「何に？」

さっきも今も、由多自身わからないまま謝ったことを、永遠が訊いてくる。

「由多」

雨に濡《ぬ》れながら、永遠は仕方なさそうに笑って由多を見た。

「おまえきれいだな」

少し離れて、永遠が呟《つぶや》く。

「おまえに信じられたら、誰も裏切れねえよ」

一瞬、永遠の手が由多に伸びた。

その指先をただ由多が見つめているのに、永遠が俯《うつむ》く。

「来週、土曜日な。場所と時間また連絡する」

言い置いて永遠は、雨の中駆け出した。

追いつけないほど早い永遠の背が夜に消えるのを、由多が見つめる。

伸ばされた指先を見ていたのと同じに、ただ、由多は永遠がいなくなるのを見ていることしかできなかった。


最近、凌の笑った顔を見ていない。

地元駅に近い広い居酒屋の隅で、由多はぼんやりと凌のことを考えていた。

広い座敷で賑《にぎ》わう中学の同級生達は、みんな楽しそうに笑っている。元々凌はこんな風に声を立てて笑うことは少ないけれど、由多にはいつも笑顔を見せてくれた。

「……帰り、寄ったら駄目かな。先生のところ」

輪の中には入れず、そういうことを気にしないようにしている由多でも、多少は寂しくなる。

居酒屋で会ったときに永遠は笑って由多を迎えてくれたけれど、同窓会を仕切るのに忙しそうだ。酒を呑みたがる同級生を永遠が宥《なだ》めて、居酒屋はソフトドリンクを条件に座敷を借りている。

ふと、ポツンとしていた由多の隣に、見覚えのある青年が座った。

「よ、久しぶり」

コーラの入ったグラスを掲げられて、慌てて由多もウーロン茶を合わせる。

「久しぶり。岡崎《おかざき》くん」

隣に座った背の高い青年は、中学一年のときのクラスメイト、岡崎賢人だった。

「いいよ、賢人で。岡崎くんなんて呼ぶの、小鳥井だけだ」

困ったように賢人が、ここにいる誰よりも大人びて見える顔で笑う。

「俺のせいか、自業自得だな」

永遠がずっと予定が空くのを待っていたという賢人は、癖の強い黒髪を掻《か》いた。

「そんなこと何もないよ、賢人くん」

由多が名前を呼ぶと、ますます賢人が困って笑う。

「なんか呼ばれると、今度は照れる。でも良かった、おまえに会えて」

ちらと、永遠がこちらを気にして見たのがわかって、由多は永遠に笑い返した。

「俺が小鳥井に会いたくて、桂木《かつらぎ》にセッティングしてもらったんだ。同窓会」

「……僕に？」

意味がわからず由多が、尋ね返してしまう。

中学の頃よりは背丈も伸びて面立ちも変わったはずの由多を、賢人は酷く懐かしそうに見た。

「大人びたみたいで、やっぱあんまり変わってないな。却《かえ》ってなんか言い出しにくいよ」

「賢人くんほどじゃないけど、僕も少しは大人になったつもりなんだけど」

むしろ凌に追いつくために、もっと大人になりたいと思うことの多い由多には、変わっていないという言葉は不本意だ。

「拗《す》ねるなよ」

実際、随分と年嵩《としかさ》に見える風貌《ふうぼう》で、賢人が苦笑する。

「美大生なんだって？」

「うん。油絵描いてる。賢人くんは？」

「俺、居直って国際学部。一応バイリンガルだから、活かしたいなって思って。両親が付けてくれたこの名前も」

言われて、由多は賢人の名前が、もう一つの母国でも通じる響きなのだと思い出した。

クラスで永遠が、賢人の母親がアメリカ人であることを言い立てたときに、そのことに気づいて由多は賢人に告げた。とても気遣われている、愛されているんだねと。

「小鳥井」

不意に、改まった声で賢人は、由多を呼んだ。

「うん？」

「あのときはごめんな」

何を切り出されるのかわからず少し間抜けな返事をしてしまった由多に、賢人が深すぎるほど頭を下げる。

「え？　ちょっと、賢人くん。どうしたの？　やめてよ」

「おまえが俺を庇《かば》ってくれたのに、俺、みんなと一緒におまえのこと無視して」

慌てて肩に触れた由多に、賢人はようやく顔を上げた。

「ずっと、謝りたかったんだけど言えないままで、気になってた。この間ばったり会ったときに、桂木に謝られてさ。だったら俺も小鳥井に謝りたいって言ったら、あいつが同窓会やろうって」

「……そうだったんだ」

ようやく、永遠が自分を強引に同窓会に誘った理由を、由多が理解する。

「僕は賢人くんのこと、何も思ってないよ。あのときのことは、永遠との……なんていうか、思い出みたいになってて」

おかしな言い方だと思いながら呟いた由多に、賢人は笑ってくれた。

「思い出って。殴られたんだろ？」

「でも、永遠と仲良くなれたし」

それに、凌が寄り添ってくれた、大切な時間にもなったと、朝を歩いた日々を思い出す。

やはり帰りに凌に会いたいと、改めて由多は思った。

「俺は、桂木とはホントは」

ちらと、賢人が永遠の方を見る。

「この間桂木に謝られるまで、ほとんど口もきかなかったな。俺、あいつのことまともに見られなくて」

「永遠を？」

「おまえのことも。……だから、桂木に謝られて、ちょっと凹《へこ》んだ」

こめかみを掻いて、賢人はぼんやりと呟いた。

「俺が最初に、あいつの名前揶揄《からか》ったんだ。中一の時。エイエンって書いて、トワかよ、キラキラした名前だよなって。ほら、俺の名前外国でも使える名前だろ？　母親の血もあんまりガキの頃は出てなくて」

言われて由多が見ると、賢人は中学生の頃より大分、二つの国を持っているという印象が強くなっている。

「中学で、それ気づかれるのイヤで。バカだよな、子どもって。先に桂木揶揄って、みんなの目がさ、そっち行ったらいいと思ったら逆効果で。おまえの名前、アメリカ人だから賢人なんだろ？　なんで漢字使ってんだよって言い返されて。……ホント、ガキの喧嘩《けんか》だな」

それでもまだはっきり覚えているのか賢人は、六年前のことを明確に語った。

余程癇《かん》に障ったのだろう。賢人を揶揄う永遠の声は大きくて、由多は賢人が先に永遠の名前のことを言ったのには気づいていなかった。

「言い訳だけどさ。既にすげえかっこ悪いけど、俺。小鳥井のこと見れなかったのって、別に桂木に先導されたからじゃないんだ」

ふと、思いがけないことを、賢人が由多に告げる。

「桂木に親のこと言われて、俺笑ってた。ガキの頃から、慣れてたから。どのコミュニティ入っても、一回はなんか言われてたし。悪くじゃなくてもさ。へらへら笑って流すの、癖になってて」

「今でも、あるの？」

「まあ、あることはある。初対面でいきなりハーフなのかっこいいねーとか、英語喋《しゃべ》れて羨《うらや》ましいとか、そういうのも俺には一緒だから。人と違うだろって話で、桂木が俺に言ったことと一緒」

きちんと言葉を綴って賢人が気持ちを話してくれるのに、あんなことがあったのに賢人の思いをちゃんと聞くのは初めてだと、由多は気づいた。

「でもおまえ、桂木に言ったじゃん」

いつの間にか自分と永遠の問題になっていたけれど、当事者であったはずの賢人は何を思っていたのだろうと問う前に、賢人が真っ直ぐ由多を見る。

「ダブルであることの何が悪いのかって。岡崎くんのお父さんとお母さん、愛し合ったから岡崎くん生まれてきたんでしょう？　誰とも何も変わらないって」

咎《とが》めても揶揄うのをやめない永遠に、最後は確かにそんなことを言ったのを、由多も覚えていた。

「あれ、きつかった」

少しだけ、少年のような頼りない目をして、賢人がくしゃりと笑う。

「俺、ずっと自分の親のこと言われてんのに、バカみたいにへらへら笑ってたんだなって思って。正直桂木に言われたことなんかより、おまえがそう言ったときの方が参ってさ」

その顔は子どもが泣くのを堪《こら》えているように、由多には映った。

そうして、自分が大勢の前で、永遠にだけではなく賢人に何を言ったのかを、今更、由多が知る。

「なんかしばらく、立ち直れなくて、おまえのことまともに見れなくなった」

声が、由多は出なかった。

何も、思いやれていなかったことを教えられる。十二歳のとき教室で、他のクラスメイトとは違う生い立ちの少年が何を思うのか想像しないままただ、正しいと思った由多は刃を剝《む》き出しにしたのだ。

「ごめんな。おまえ何も悪くないのに」

正しさだと思った言葉は、揺れていた少年の心を、切り裂いた。

傷つけることを由多は気づきもせずに、その刃を躊躇《ためら》わずに振り下ろしたのだ。

「僕は」

それだけ口に出すのが、由多には精一杯だった。

何故人が自分から遠ざかるのか、その理由をいつからか由多は考えることすらしていなかった。人が悪いと思ったことはないけれど、世界はこういうものなのだから仕方がないと、思い込んでいた。

自分が手に剝き出しの刃を持っていることに、気づきもせず。

早く、凌に会わなくては。

由多は由多だよ、誰かと違っても、誰に拒まれていても何も気に病むことはない。由多はきれいで、由多はいつでも正しいのだから。

凌の腕の中で凌に言葉を注がれて、そうしていつでも由多は自分を保ってきた。

けれど、もう既に誰かの血に濡れているこの刃が、由多自身の胸を今にも突き刺そうとしている。

自分を守ってくれる恋人の元に走らなくてはもう一秒も立っていられないと、由多は言葉もなく席を立った。

梅雨寒の夜、いつの間にか降り始めた雨が強くなっているのにも気づかず、由多は凌の元に走った。雨に濡れても肌は冷たくはない。冷えるのは心だ。

無為なまま今までどれだけ自分が、他人を傷つけてきたのか。

自分を赦してくれる凌がいてくれれば、どんなに誰に拒まれても平気だと由多は思っていたけれど、拒む者たちが何を思うかなど考えずにいた。

そういう自分を強くなったと思い込んでいたのが間違いだという不安に、由多は何も連絡をしないまま母屋のドアを叩いた。インターフォンを鳴らすことさえ、思いつかずに。

「先生、先生！」

知らぬ間に声が、凌に縋《すが》っていた。

程なく灯りの点《つ》いていた二階から、凌が降りてくる音が聞こえた。

「……どうしたんだ、そんなに濡れて」

外側に扉が開いて凌の姿を見たら、しがみついてしまいそうになる。

「上がりなさい」

手を、凌は引いてくれた。大きな乾いたタオルを一枚取って、母屋を通して灯りを点けたアトリエに由多を入れる。

　頭からタオルを被《かぶ》せて、凌は由多の髪と体を拭《ぬぐ》ってくれた。水気を取ってくれるけれど凌は、由多に何も聞かない。

「何があったのって、聞いて。先生」

　ただ雨を拭《ふ》いている凌に、由多は乞うた。

　それでも凌は、尋ねてはくれない。

　やさしい慰めをくれるはずの唇を、ひたすらに由多は見つめた。

「何があった、由多」

　やがて、根負けしたように凌が溜息《ためいき》を吐く。

　ソファに由多を座らせて、頬をタオルで撫でながら、凌はふと真顔で由多を見つめた。

「聞くよ」

　問う声はいつもより冷ややかに聞こえて、けれどその冷たさは雨のせいだと由多が思おうとする。縋るように、由多は凌のシャツの袖《そで》を摑んだ。

「今日、中学の同窓会だったんだ」

　打ち明ける由多の声を、黙って凌が聞いている。

「永遠が、誘ってくれて、久しぶりに岡崎くんに会った。永遠が、中学のときにダブルだってこと揶揄ってた子」

いつものように、それでとは、凌は言ってくれなかった。

「それを僕が責めて、永遠と上手くいかなくなった。そのときの岡崎くんが、今日僕の隣に座って」

覚えているとも凌は言わないので、その大事な話が凌の記憶にあるのか由多は不安になる。

「永遠と一緒に僕を無視したこと、謝ってくれたんだけど」

良かったとも頷かず、凌は由多を見ていた。

「本当は僕の言葉が、一番きつかったって言った」

そのまなざしが、いつでも自分を認めてくれていた瞳と同じだと、由多は思いたくない。

「ダブルなことが何がいけないのってみんなの前で言った僕に、すごく傷ついたから僕を見なかったって」

震える声で告げた由多を見ている凌は、以前と何が違うでもなかった。

由多を慈しみ、慰め、認めて、赦してくれていた凌そのものだ。

「由多は何も間違ってない」

そして、聞き慣れた言葉を、凌はくれた。

ずっと、凌が由多にくれていた言葉だ。ずっと、由多はそれを信じていた。

けれど、明らかに由多は、思いもしないすべてで他人を切り裂いた。間違っていないと凌は言うけれど、間違いをわかっていないとはとても思えない。

「でも、僕の言葉が人を傷つけてた。あんなにも！」

それでも訴えながら由多はまだ、凌の赦しを何処《どこ》かで求めた。大丈夫だと、抱きしめてもらうために、ここに来たのに。

いくら待っても、凌の腕は由多を抱かない。

「そうだな」

何を言われたのか、すぐには由多にはわからなかった。

「言われたくない本当のことを言われたら、人は傷つく」

自分を断罪する言葉が、凌から渡されたのだと、ゆっくりと気づく。

六年由多が凌のそばに通って、本当にこれが初めてだとも由多は気づいた。ただの一度も、凌は由多を責めたことがない。

「先生はどうして」

これも間違った言葉なのは、わかっていて由多は口にした。

「叱ってくれなかったの」

酷い言い分だと思いながら、それでも由多が凌を咎めてしまう。

「由多はきれいだ。何も変わる必要なんてない」

冷えた由多の頬にあたたかな凌の手が、触れた。

「一生、言ってあげてもよかったよ。でも」

だがそれは一瞬だけのことで、すぐに指先のぬくもりは去って行ってしまう。

「由多が俺を好きだと言うから、もう終わりだ」

ぬくもりの代わりに、凌から冷えた声が渡された。

「どうして」

突きつけられた終わりという言葉の意味は、考えても由多には理解できない。

「俺は由多を愛してないからだよ」

穏やかなやさしい声音が、残酷な答えをゆるやかに紡いだ。

体中から力を奪われるのを感じながら、由多が凌の告白を聞く。愛されていないことに、心の奥で気づいてはいた。

それでもただ一途に信じてきた凌が、愛してもいない自分に触れたことは由多には飲み込めない。

「僕がこんな人間だから？　先生、僕直すから、もっとちゃんとするから、誰も傷つけないように……っ」

「直す必要なんかない。由多は何も間違ってない。いつも正しくてきれいだ」

縋り付く由多を決して受け止めはせず、凌はその言葉を言い置いた。

「先生を傷つけたことも、あった？」

偽りかもしれないといつからか思ってはいたけれど、由多はたった一つの愛を手放すことが恐ろしくてたまらない。

「俺は大丈夫だよ」

癖のある低い声が、嘘とも真《まこと》ともわからないことを由多に囁いた。

「自分が正しくないことを知ってるから、由多の正しさに傷ついたりしない」

不意に教えられたことの意味が、由多にはまるでわからない。

「ただ、眩《まぶ》しくてきれいだ。出会ったときから、ずっとそう思ってた」

なら何故と問えずに、由多は必死に凌の黒い瞳を見ていた。見ていなければ、すぐに何処かに、凌が自分を置いて行ってしまいそうで。

「でも由多は一つ間違いをしたな」

仕方なさそうに、凌は由多の瞳が追うままにさせていた。

「俺は正しくない人間だから、誰かを愛したりしないよ」

目を合わせたまま凌は、もう一度由多に、愛してなどいないと教える。

「僕の絵を」

そんなはずはないと、由多は手がかりを探した。

「朝の絵だって、先生だけが気づいてくれたよね？」

「俺しか、由多と朝を見てないだろ？　他に誰も由多の見た朝を知らないんだから、当たり前だよ」

あっさりと凌は、酷い言葉でその話を終わらせる。

「……だけど先生は、僕にキスを。何度も、キスを」

涙が零れそうになるのを堪えて、何故だか由多は笑った。

もうとうに不確かなものになっている凌のくれる全てを、今更奪われて生きて行けるはずもないと、シャツを摑んだ指が震えている。

凌の掌《てのひら》が由多の、頰を抱いた。

何度も自分に触れた凌の手だと安堵した由多の唇に、唇が重なる。抱きしめられて触れるだけの口づけに耐えて、由多は、気づくと涙を落としていた。

「本当はわかってるはずだよ。心なんかなかった」

腕も唇も解いて、決して由多が思うまいとしていたことを、凌が言葉にしてしまう。

「早く由多が逃げ出すように、怖がらせただけだ。由多が逃げるのを待ってた。由多が数えてたキスに一つも意味なんかない」

もう凌の肌は、何処も由多に触れていなかった。

「由多は、お祈りみたいにキスを数えてたな」

目の前にいるのに酷く遠い凌の声を止めることも、凌を留めることも由多には叶《かな》わない。

「恋人はそんな風にキスを数えたりしないよ。由多の俺への気持ちだって、恋なんかじゃない」

強く、由多は首を振った。

「そんなことない。僕は、先生にキスをされて、嬉しかった」

まるで水に首まで浸かったように、由多が足掻《あが》く。ほんの少しも、泳げもしないのに。

「絶対に自分を否定しない誰かを、好きになるのは当たり前のことだ。でもそれは本当に恋だったか？」

「僕は、今だって、先生に抱きしめて欲しい」

もうしがみつける寄る辺など、見えはしない。

「抱きしめて、先生」

零れ落ちる涙を拭えずに由多は、歪《ゆが》む視界の向こうにただひたすらに凌を探した。たった一人、世界でただ一人由多を心から認めてくれる恋人を求めた。

「俺は正しくない人間だから、愛していない子を抱いてあげることもできる」

言いながら、けれど凌は動かない。

「でも、抱かないよ」

抱かないと、もう一度凌は言った。

「先生」

「今までは由多には俺しかいなかった。俺を愛するほかなかった」

まだ縋ろうとする由多を、凌が遮《さえぎ》る。

「これからは大丈夫だ」

「何も……大丈夫なんかじゃない」

不意に訪れた気づきと、言い渡されたただ一人の人からの拒絶に、心はまるで追いつけずに息さえ継ぐのが難しかった。

「気づいたんだろう？　由多の言葉がどんな風に他人に届くのかを」

しゃくり上げそうになっても、凌はもう決して由多に手を差し伸べない。

「だったら由多は、誰とでも生きていけるよ」

「僕は一人になる」

何も飲み込めずに由多は、声を掠《かす》れさせて凌に指を伸ばした。

「一人でも、ちゃんと歩けるはずだ。由多は自分を知ったんだから」

指を凌は、見ることもしない。

「由多の人生に、俺はもう必要ない」

言い捨てて凌は、由多の腕を摑んだ。

与えられた言葉とは裏腹に、触れられた熱にまだ僅《わず》かに期待した由多を立たせて、母屋の玄関まで歩かせる。

「靴を履いて」

胸を裂かれるような思いで凌の言葉を聞きながら、すべもなく由多は靴を履いた。

傘立ての中から凌が、使い捨てではない黒い傘を取る。

「傘をあげるから、帰りなさい」

柄の立派な、長い傘だった。

「傘は返さなくていい」

黒は、由多が絵の具を混色するときに決して使わない色で、十二色を買うといつもそれだけが残った。

一人では動かない由多を送り出して、凌は中に入ると無情に玄関を閉めた。

鍵《かぎ》を掛ける音が、酷く大きく由多の耳に響く。

「傘は」

由多の使わない色をした傘が、手の中に残った。

「……返さなくて、いい」

用途を忘れたかのようにそれを抱いて、最後に渡された言葉を由多が、口の中で呟く。

雨は少しも、冷たくなかった。

腕の中にきつく抱いた、初めて愛した人に与えられた暗い色をした傘ほどには。

長い時間雨に打たれていたせいか熱が出て、日曜日の記憶は由多にはない。下がっても微熱が続いて、病院に行った方がいいという母親の声を聞きながら、由多は月曜日のデッサン室にいた。

熱があるくらいが、いいような気がした。ぼんやりと何もかもが夢の中のようで、土曜日のことを時々忘れられる。

けれど思うまいとしてもモザイクのように不意に、切れ切れに声が聞こえた。

由多の言葉に傷ついた過去を打ち明けた、賢人の声。

縋った由多を愛していないと言った、凌の声。

「……どうしてたんだっけ、今まで。こんなとき」

何も描けないイーゼルの上のクロッキー帳は白く、由多は行く当てもない。

「そうだ……いつも、先生が、いた」

何度もそのことに気づいては、返さなくていいと言われた使わない絵の具と同じ色の傘の冷たさを思い出した。

不意に、誰かに手の中の木炭を取り上げられる。

触れられるまで自分が木炭を握っていたことも、由多は忘れていた。

「どうしたの？　具合でも悪い？」

木炭が動くのにつられて顔を上げると、明彦が由多に笑いかけている。

「全然描けてないよ。もうすぐ人物デッサンの講義終わりじゃない？」

自分に声を掛けられているとわかりながら、窓から射す雨上がりの日差しに溶けるようで、由多は言葉が出なかった。

「土曜日僕のモデルサボって、何してたの？」

尋ねながら明彦が、木炭の先でさらさらと、瞬く間に裸婦の全体を紙に写し始める。

こんな風に由多は、自分のための白い紙の上に誰かに線を入れられたことはなかった。一度も、凌はしなかった。

間違いを凌は、一度も正さなかった。

それを由多は、愛だと信じていた。

「今日からモデルさん、変わったんだ……」

明彦の描く線を眺めて、由多がようやく今日初めてモデル台を見る。

いつからいたのだろうとモデルを眺めて、由多は息を呑んだ。

端にいる由多にはちゃんと顔は見えないけれど、赤い唇の女は、美以だ。整った体をしているけれど、肌色が病的に白い。何かの主張のような口紅は、その白さから酷く浮いていた。

「これ、提出したらいいよ」

短い時間で明彦が美以を描き上げるのと同時に、終業の音が鳴り響く。

笑った明彦は美以に用があったのか、無造作にワンピースを羽織った彼女とデッサン室を出て行った。

「おまえのタッチなんか、簡単に真似《まね》られるじゃないか」

二人に気を囚《とら》われている由多のクロッキー帳を、覗《のぞ》き込んだのは松田だった。

「自分のだって言って、提出するのか」

何も懲《こ》りることなどなく松田は、こうしていつも由多に絡んでくる。余程のことがなければ、由多はただ言われるままだ。

けれど一度松田に、言い返したことがあった。

凌のことを言われて由多は黙っていられず、人を選別するのに一生懸命で自分が何者なのかは考えないのかと、見えたままの松田を言葉にした。途中で亜紀が止めてくれたけれど、あのとき松田がどんな顔をしたのか由多も覚えている。

酷く松田は怯《おび》えていたのに、その理由も由多は考えようともしなかった。放った言葉に対して、何も負わずにいた。

「提出しないよ」

もう、誰に何を言うのも由多には怖い。

「僕は今日、何も描かなかった」

それだけを告げて、由多は無意識に美以を追った。

訳知り顔でいつもアトリエにいる美以は、由多以上に凌をよく知っているような口ぶりだった。実際、深夜に凌のところから出て来たのを由多は見たし、彼女が凌から大金を受け取っていたと永遠は言っていた。

まだ由多は、誰も愛さないという凌の言葉を、信じ切れていない。

急に凌は変わってしまった。そう思う方が自然で、そう思う方が由多にはやさしい。

「あの」

中庭まで出て由多はようやく明彦と美以の後ろ姿を見つけて、声を掛けた。

振り返った美以が、自分の知らない凌の何かを、教えてくれないかと期待して。

「どうしたんだ？　本当に顔色が悪いよ」

心配そうというのでもなく、問い掛けたのは明彦だった。

「すみません。モデルさんに、聞きたいことがあって……少しお時間いただけませんか？」

ちゃんと明彦に答えられず、美以に時間を貰《もら》えないだろうかと由多が尋ねる。

「あたしに？」

歌うような声で、美以は笑った。まるで知らない年上の女の不自然な朗らかさが、由多を不安にさせる。

「桐生《きりゅう》凌の話かい？」

不意に、明彦から当然のことのように凌の名前を聞かされて、由多は目を瞠《みは》った。

すぐには言葉が出ず、何もかもを知っているような明彦のまなざしに、彼の描く絵と同じ恐ろしさを、初めて感じる。

「美以が桐生から、金を取ってる話じゃないのか？　由多は、美以のモデル代のことを気にしてたね」

逆に何故今まで、薄い皮のようなやさしさの下にあるそれに気づきもしなかったのかと自分に惑うほど、由多には明彦が酷く怖かった。

「人聞きの悪いこと言わないでよ。それに誰かに話したらもう、あたしが淩から芝居のチケットを買ってもらえなくなるわ」

聞いてはいけないと囁く声がして、由多が後ずさる。

「図星なんだね」

笑ったまま、強く明彦は由多の腕を摑んだ。

「おいで」

無理矢理手を引かれて、中庭の隅にあるオブジェのようなベンチに座らせられる。木漏れ日が射すのに、さっきまでは日向に突っ立っていたのだと今更由多は知った。

「誰かに聞かれたら、困る話だから」

隣に座って明彦が、由多の耳元で囁く。

「本当に話すの？」

立ったままの美以は、何か少し不安そうだった。物事の主導権は、全て明彦が握っている。

「由多が聞きたくなければ、何も話さないさ。桐生のこと、聞きたくないのかい？」

撓《たわ》む由多の細い髪に、明彦は触れた。

「今日、何も描けなかったね。君みたいにきれいな気持ちのまますきれいに見えるだけの世界を描いてる人間は、何か一つが信じられなくなったら簡単に壊れてしまうだろうと僕は知ってたよ」

少し伸びた由多の髪の先を、明彦は指に巻く。

「桐生のようにね」

目を向けさせた由多に笑って、また明彦は凌の名前を口にした。

「……先生の、何を知ってるんですか？」

聞いてから酷い後悔が、由多を襲う。

薄皮を剝《は》いだ明彦は、凶暴な爪で由多だけでなく由多の中の凌をも、壊してしまうかに見えた。

「僕と桐生は、この大学の同期だ。学科も一緒だった」

言われれば時間の辻褄《つじつま》だけが合うことを、明彦が教える。

「桐生がまだ絵から離れられないで君みたいな子を飼ってるなら、君の羽根もきれいに毟《むし》ってやろうと思ってたのに」

弄《いじ》っていた髪を、明彦は気まぐれのように放した。

「脆《もろ》いね。手を出さずに、壊れたのかな?」

何処までも穏やかに、明彦は笑って見せる。

「僕は」

問われて、由多はいつの間にか嚙《か》み締めていた唇を開いた。

「壊れたりなんか」

六年、ただ凌に守られていた。凌だけを頼りにしていた。壊れるならそれは、完全に凌が信じられなくなった証《あかし》になる。

「青白い顔をして、強情を張るのかい?」

戯れに明彦は、由多の頰を撫でた。

「まだF20号、描き終わってないよ。続きを聞きに、アトリエにおいで」

咄嗟《とっさ》に身を引いた由多に笑って、明彦がベンチを立つ。

結局肝心なことは何も語らないまま、明彦はもう振り返ることもなく去って行った。

触れられたところから明彦の言う通り壊れるような気がして、由多はいつまでも頰を押さえて動けない。

「もう、明彦にも凌にも、関わるのよしなさい」

一緒に行ってしまったかと思い込んでいた美以が、不意に、由多の頭上から言った。

「あなたまだ、子どもよ。未来も可能性も、才能もある」

何故だか酷くいたわるような情を見せて、美以が赤い唇で由多を諭《さと》そうとする。

「僕は、子どもじゃありません」

子どもだと言われたままでいたら、もう凌に関わる何もかもをあきらめなければならない気がして、由多はあてもなくそう言い張った。

「あなたは……どうして、先生から」

禁忌《きんき》だと思ったけれど、無為に美以に尋ねてしまう。

「あたしは売れない女優なの。モデルは副業よ。本業はまるで売れないまま、歳だけ取ったの。やがてモデルもやれなくなるわね」

言われれば日差しの影に疲れても見える目で、美以は笑った。

「凌には舞台のチケットを買ってもらってるのよ」

なんでもないことだと教えられたのかと、一瞬、由多が誤解する。

「十年になるけど、一度も観に来たことないわ。あの人」

息を呑んだ由多を、憐《あわ》れむように美以は見つめた。

「あたし、凌にあなたがいること知ってた」

思いがけないことを言う美以は、明彦といるときに纏っている不思議な雰囲気はなくて、唇が赤過ぎること以外は普通の女にも見える。

「かわいい、大切な生徒」

身を乗り出した由多に、美以は一歩引いた。

「だからあたしはいつもあなたに会わないように、夜更けに凌を訪ねていたのよ」

一度会ってしまったわねと残念そうに呟いて、幻だったかのように美以がいなくなる。

足が萎《な》えて、由多はぐったりとベンチにもたれた。

かわいい、大切な生徒。

確かにほんの少し前まで、由多は凌にとってそういう者だったのかもしれない。それ以上を由多が求めたときから、掛け違えたボタンのように物事が嚙み合わなくなっていった。

桐生凌の話かい？

いつだったか由多のシャツのボタンを楽しそうに直した明彦の、以前とはまるで違って見える笑顔が思い返されて、身動きが取れなくなる。

「僕の、知らない先生がいる」

その知らない凌がきっと、自分は正しくないから誰も、由多も愛さないと言った。

もう充分に、打ちのめされた。知らなければならないことなのか、由多にはもうわからない。

それでも無意識に指先が、凌を求めて動いた。今、どうしても手を繋いで欲しい。

「小鳥井？」

聞き覚えのある声とともに肩を揺すられたときには、由多はもう半分夢の中にいた。

「イーゼル出したままいなくなったから、探してたのよ。ちょっと、大丈夫？」

ユトリロの絵と同じ色のきれいなワンピースを着た亜紀がくれた手を、凌だと思い込んで由多が縋る。

夢の中の凌は、もう由多を振り返らない。

それでも長い指を、由多は探した。


「高熱出して運ばれたんだって？　小学生かよ」

ぼやけた視界の向こうで毒づく永遠の声に、由多は笑おうとして喉《のど》が酷く渇いていることに気づいた。

「ほら、飲め。スポーツドリンク。まだ微熱あるっておまえの母ちゃん心配してたぞ」

枕元にあった吸い飲みがついたペットボトルを、永遠が由多の口に入れてくれる。

意識がはっきりしてくると、自分が横たわっているのは自室のベッドだとわかった。夕方の窓が開けられ風がカーテンを揺らして、永遠の肩の向こうにはいつも使っているイーゼルが立ったままになっている。

「お見舞いに来てくれたの？」

ようよう声が出て、由多は永遠に笑いかけた。

「おまえの部屋、窓開いてんの見えて。たまたま、どうしてんのかと思って寄ったら寝込んでるから様子見てってくれって言われて。俺、ホントはおまえんち敷居たけーんだけど」

「もう、気にしてないよ。お父さんもお母さんも。永遠が僕の大事な友達だってこと、わかってる」

嘘ではないことを、由多が告げる。

「同窓会も、いつの間にかいなくなっちまうし。バイトも無断欠勤してたって、チーフが言うから」

「永遠」

それで永遠が来てくれたのだとわかって、由多は泣いてしまいそうになった。

聞いて欲しいことが、たくさんあった。けれど夢に繰り返し現れては掴まえられずに消えた凌のことを、もう永遠には話せない。ただでさえ永遠は、凌を疑っている。

これ以上凌への不信に苛《さいな》まれたら、由多は本当に息が継げなくなる。

「ごめんね」

代わりに、それも間違いなく胸に抱えていた言葉を、由多は永遠に渡した。

「なんだよいきなり」

「岡崎くんが先に、永遠の名前のこと揶揄ったって初めて聞いた。永遠一度も僕に言い訳しなかったんだね。ごめん、知らなくて僕」

永遠の顔を見ていたら賢人のことが思い出されて、心に掛かっていたことを由多が謝る。

「……俺、あいつにホントひでえこと山ほど言ったし。そんなことより、賢人なんか言ってなかったか」

そもそものために同窓会をセッティングした永遠は、何よりそれが気がかりだったのか、言い難そうにけれど率直に由多に訊いた。

「謝ってくれた。あのときのこと」

笑おうとして、由多は上手く笑えない。

「そうか」

似合わない不安そうな顔で、永遠は由多を見ていた。

「でも、永遠よりもずっと僕が岡崎くんを傷つけてたことも、初めて知った」

躊躇ったけれど、由多がそのことを打ち明ける。

「永遠にも同じことしたね。ごめん」

誰よりも永遠に、謝りたかった。人前で由多は何も思わずに永遠を糾弾《きゅうだん》したのに、永遠は友人になってくれた。

「何言ってんのおまえ。また熱上がってきたんじゃねえの？」

きっと、友人になってからも由多の思う正しさで、永遠を傷つけたこともあったはずだ。なのに永遠は、まるで意味がわからないと笑ってくれる。

「岡崎くんと話したら……よく、わかった」

気づかないふりはいいと、由多は首を振った。

「僕はずっと、人を傷つけてた。それも酷く」

言葉にすると、重くそれは由多の心にのし掛かる。

「だから僕には友達がいない。永遠のほかには」

ずっと、決して由多を咎めなかった凌が、餞別《せんべつ》のようにくれた言葉が胸に返った。

言われたくない本当のことを言われたら、人は傷つく。

それを由多が理解できる出来事を、凌は待っていたのだろうか。少しは由多が大人になってそれを知った日を、選んだのだろうか。

「どうして永遠は、僕と仲良くしてくれるの？　僕、嫌なことといっぱい言ったよね？」

まだ、由多は凌が自分を欠片《かけら》も愛さなかったと思えていない。

突きつけられた言葉にも、何か思いがあったのではないかと、気づくと探してしまう。見えない凌の、心を。

「おまえが言うことは、本当のことだから」

横たわったままの由多に、小さく、永遠は言った。

「本当のことはきれいだ」

上掛けから出ている由多の指に、ふと、永遠が触れる。

「中一の時、おまえを殴って。親呼ばれて面談室で、どうしたらいいのかわからないっておまえが泣いて。なんでおまえが泣くんだって、思った。おまえは何も間違ってないのに」

何度でも思い出すというように、永遠はそのときのことを言葉にした。

「泣いてるおまえも、俺には嘘みたいにきれいだった」

そのときの光景が、永遠には目の前に見えているようだった。

「なんで俺、おまえに出会ったときたった十二歳だったんだろな」

不意に、強く永遠の指が由多の指を握る。

「どうして、そんなこと言うの?」

今まで一度も、殴られたときさえ思わなかったのに、初めて由多は永遠が少し怖いと思った。

「俺がもっと大人なら、おまえをあんな風に酷い目にあわせなかったし」

握った指を永遠が、自分の口元に運ぶ。

「あいつにおまえを守らせたりしなかった」

ギリギリで躊躇って、永遠は由多の指に口づけはしない。

「俺がずっと、おまえを守った」

戦慄《わなな》いて、由多は取られたままの指を見ていた。そして永遠の言葉から、目を背けようとした。

「同窓会抜けて、あいつのとこ行ったのか？」

他に頼る者が由多にいないことを永遠はよく知っていて、尋ねる。

「行った」

答えたら、由多はあの夜の何もかもが一度に思い出されて声が詰まった。

「上手く、いってないんだろ？」

掠れた由多の声を、永遠は聞き逃さない。

「俺に、おまえを守らせてくれよ。由多」

真っ直ぐに永遠は、由多を見て言った。

「仲直りした後も、高校のときも、永遠にはたくさん守ってもらったよ」

受け止められない言葉に、由多が無理に笑い返す。

「そうじゃなくて」

何故、永遠はこんな風に訪ねてきてくれたのだろうと、由多はふと思った。

「指、強ばってんな」

電話もメールも苦手、上手く返事ができない。ぼやいた由多に、大学からはバラバラになるから、一緒にバイトをしないかと誘ってくれたのは永遠だ。

そんな永遠を由多は、ずっと特別な友達なのだと思い込んでいた。

「少しも気づかないのか？　俺の気持ち。言わねえとわかんねえのか？」

もう永遠の中でとうに飽和して目の前に何度も零れた気持ちから、目を逸らして。大切な友人から与えられるやさしさだけを、受け止めて。

「永遠」

それでもまだ由多は、永遠の言葉を止めようとした。

「おまえが好きだ」

告げられた思いに由多の指が、ますます強ばる。

「僕の友達は永遠だけだ」

答えの代わりに由多は、永遠を責めてしまった。

酷く切なそうに、永遠が笑う。

「いじめっ子には、いじめた子を好きになる権利なんかないんだ。本当は」

自嘲《じちょう》的に言って、ゆっくりと永遠は由多の指を上掛けの上に置いた。

「だから一生、言わないつもりだった。なんで、今言っちまったんだろうな。俺」

きっと永遠《えいえん》に指が離れていくのが目に映って、重い体で由多が起き上がる。

けれど永遠は、ベッドのそばから立ってしまった。

「ごめんな由多。俺はとっくに、おまえの友達じゃなかったんだよ。もしかしたら最初から」

「待って、永遠」

歩き出そうとする永遠に、何も考えずに由多が手を伸ばす。

「本当はいつか気づいてくれんじゃないかって、ちょっと期待してた。バカだな」

「行かないで」

不意に、永遠はその伸ばした由多の指を強く摑んだ。

「それで俺が立ち止まったら、おまえはどうすんだよ⁉」

腕を引いてきつく、永遠が由多の髪を抱く。

「あいつと切れて、俺のもんになってくれんのかよ！」

髪を抱かれるまま永遠に顔を寄せられて、きつく由多は目を閉じた。

受け入れることも逃げることも拒むこともせず、ただ怯えて自分が永遠の良心に全てを委《ゆだ》ねていることにも、すぐには気づけない。

「これでもおまえを裏切りたくなくてずっと、頑張ってたんだ。俺」

気づいたのは永遠が、そう言って静かに由多を放してくれたときだった。

「悪い、もう限界だ」

二度と永遠は由多を見ずに、部屋を出て行ってしまう。

行かないでとは、もう由多にも言えなかった。

縋る友さえ、由多はなくした。最初から友は、友ではなかったと言っていた。

枕元に包まれた飴がいくつか、置いてある。この間永遠が窓に投げて、由多に握らせてくれたものと同じ飴だ。

本当は永遠は、飴なんか舐《な》めない。

電話もメールも苦手だと永遠の前で呟いたとき、由多は永遠の気持ちを考えなかった。そう言われて永遠が何を思うのかどうしてくれたのか、気づこうともせずただ永遠に甘えていた。

「いつも、永遠に、僕は先生の話してた」

別れが告げられたけれど、泣くまいと唇を噛み締める。

「不機嫌そうなときもあったけど、永遠はいつも、聞いてくれてた」

去って行く永遠に泣くような権利を、由多は持っていない。視界は酷くクリアで、どれだけ自分が一人かがよくわかる。

それは由多に、値する孤独だ。

「僕は何を見てた？」

自分に都合の良い世界が、鮮やかに切り離されていく。

生きにくい景色を、今まで由多はきれいに明け方の青で、塗《ぬ》り替えていた。

頷いてくれる凌の手を借りて、赦してくれる凌に縋って。


眠れたのか夢を見ているのかそれとも現実なのか、判然としないままただ時が過ぎる。

辺りが寝静まった深夜に、由多は不意に少しだけ頭がはっきりして、重い体を起こして窓辺に座った。

枕辺に転がっている、飴を一つ取る。口に入れると、大切な友人を失ったことが思い出された。

こんなときいつも話を聞いてくれた、愛した人はどうしているのだろう。自分が訪れなくても、変わらずに息をしているのだろうか。

「眠れないの？」

控え目に、由多の自室のドアが叩かれた。

「……ごめん、何かうるさかった？」

母親の律子《りつこ》の声に驚いて、由多が灯りを点けないまま座り直す。

「熱が下がりきらないから、ただ心配なのよ。入るわよ」

断って律子は、何かあたたかそうな飲み物を持って由多の部屋に入ってきた。

「たくさん寝たから、眠れなくて」

心配そうな律子の手からマグカップを受け取って、曖昧に由多が笑う。

「朝が来るのを待ってた」

一口口に運ぶと、ハーブの香りがして呼吸が楽になった。

その様子を律子は、ものも言わずにしばらくただ、見ていた。

「何かあった？」

熱の理由を、体の不調のせいではないと、律子は感じているようだった。

「桂木くん、お茶も飲まないで帰っちゃったわね」

やんわりと律子が、永遠との仲を心配してくれる。

「大学で誰かと話せてる？」

問い掛けられる律子の言葉に、由多は一つも答えられなかった。

「どうしたの、急に。お母さん」

与えられた茶を飲みながら、尋ね返すことしかできない。

「熱が下がらないから、心配なのよ」

入って来たときと同じことを、律子は繰り返した。

けれどいつもやさしい律子が少し、沈んだ顔を由多に見せる。時々、律子は由多の前でそんな顔をした。

「小さい頃から絵を描くのが好きだったから、お父さんと相談して、絵画教室がいいんじゃないかって」

ぼんやりと律子が、遠い日のことを口にする。

「普通の、大勢いる教室の方が良かったかしらね」

まるでそれが自分の過失であったかのように、律子は由多にすまなそうな声を聞かせた。

「あなた少し人と違ったから、一人の教室にしてもらったの……却ってよくなかったのかしら」

独り言のように呟いて、律子が過去を悔やむ。

初めて母が、そんな風に自分を語るのを由多は聞いた。

「僕……人と違ってた？」

「悪い意味じゃないのよ？　いつもマイペースで」

恐る恐る尋ねた由多に、律子が慌てて首を振る。

言葉に困っている母親を、久しぶりに由多は真っ直ぐに見た。父親とは朝、たまに食卓で会う。

父親はいつも、「最近どうだ」と、尋ねてくれる。けれどこんな風に、何か困った顔をしていることが多い。特に父親は。

「お母さん。僕の言葉に、傷つくことある？」

一人っ子で甘やかされたように思っていたけれど、父も母も何処かよそよそしいときがあるのに、由多はぼんやりと気づいていた。

もしかしたら両親は、由多を持て余すことがあるのかもしれない。

「最近はどんな絵を描いてるの？」

答えずに律子は、立てたままのイーゼルを振り返った。

「また、由多の絵を見せて？　由多にはいろんなものがきれいに見えてるって、絵を見ると安心するの」

疲れたように、律子が溜息を吐く。

「朝にはまだ時間があるわ。眠くなくても、それを飲んだらベッドに入りなさい」

二度、由多の肩を叩いて、律子は部屋を出て行った。

あなた少し人と違ったから。

他者との違和感を、由多もずっと感じてはいた。

誰かと違うことも、凌は一度も咎めなかった。由多は由多のままでいればいいと、朝焼けの道を手を引いて歩いてくれた。

ほんの少しの愛もなく、六年もの間、凌は由多と手を繋いでいてくれたのだろうか。

もう何も思うことができず由多は、少しずつ明けていく東の空を見ていた。ゆるやかに染まっていく朝の青は、本当は真昼の青よりずっと澄んでいる。

由多の今とは無関係に、朝は変わらず美しかった。

朝を描いた水彩を、真昼だとこの間言われたことを胸に返す。

誰にも由多は、この澄んだ朝を教えられていない。誰にも自分の内側にあるものを伝えず、誰のこともわからず、それで当たり前だと由多は思っていた。

六年も指の先にいた凌のことも、まだ、わかっていない。

凌がわからないままでは一歩も動くことができないと思ったら、続きを聞きたかったらアトリエにおいでと言った明彦の言葉を、由多は思い出した。

もう何曜日なのかもよくわからないまま、大学には行かずに由多《ゆた》は、都心から少し奥になる明彦《あきひこ》のアトリエを訪ねた。

出かけるのかと母に案じられたけれど、大丈夫だと無理に笑った。微熱がまだ、体に籠《こ》もっている。

梅雨明けの空は眩《まぶ》しく、暑かった。

「来ると思わなかったよ」

アトリエにいた明彦は、インターフォンを押した由多に、笑ってドアを開けた。

「入って。F20号進まなくて困ってた」

「モデルをしに来たんじゃありません」

「描きながら話してあげるよ。聞きたいことも、聞きたくないこともね」

以前と何も変わらずに明彦は朗らかに、由多をモデル台の上に乗せる。

椅子《いす》を用意されて、仕方なく由多はシャツを脱いだ。

「痩《や》せたね。困るな、描いてる最中に体型が変わるのは」

言いながらけれど明彦は、由多を描いているキャンバスをイーゼルに乗せて、パレットに色を選んでいる。

「何が知りたい？」

「どうして……先生が、僕の先生が変わってしまったのかを、教えてください」

「変わっちゃったの？」

気づくと由多の口から出ていた問いに、不思議そうに明彦は肩を竦《すく》めた。

「由多が桐生《きりゅう》に出会ったのはいつ？」

「六年前です」

「別にそのときから桐生は、変わっちゃってないと思うけど？」

選んだ色を混ぜて、明彦が平筆をキャンバスの上に乗せていく。

「まあ、多少は変わったかな。ゆっくり」

平筆の角度を変えては由多を見て、明彦はなんでもないことのように言った。

「死んでいっただろうね」

冷淡でもない声が、逆に酷《ひど》く怖い。

「僕は藝大《げいだい》の一年で、桐生と同じクラスになった。明るくも社交的でもない。そういうやつは、クラスでも別に珍しくない。ただ桐生には、人目につく才気があって……それは、僕の目にもついたよ。不愉快でとても目障りだった」

脅威だったと、いつかも聞かせた言葉を、明彦は由多に教えた。

「別に僕も、だからってあいつの足下を掬《すく》ってやろうと思ってたわけじゃない。あいつがボロを出したのさ。月曜日の人物デッサンがある日、モデルが美以《みい》になった」

もう、明彦にも凌《りょう》にも関わらない方がいいと由多に忠告をくれた美以の白い肌が、由多にも思い出される。

「僕はすぐに気がついたよ。そのときから明らかに桐生の様子がおかしくなったことにね。美以を見ないし、まともにデッサンもしない。美以は美以で、絶対に桐生の方を見ない」

この話は一体何処《どこ》に向かっているのだろうと思いながら、由多は黙って明彦が過去を語るのを聞いていた。

「僕らの年の受験科目に、人物デッサンの実技があってね。美以はそのときのモデルもやってた。五十人いたモデルの一人だったけど、僕は美以の部屋で実技の試験を受けたから彼女をよく覚えていたよ」

段々と由多が、明彦を訪ねたことを後悔し始める。

何一つ良い話を、明彦が持っているわけがない。それでもそれが凌のことだから由多は聞きに来たけれど、明彦が話しているのは恐らく十年も前の話だ。

「事務室の前で、一年生の人物デッサンの部屋を変えて欲しいと頼んでいる美以を見かけて、声を掛けた。あの頃の美以は、ただの少女のようだった。想像がつくかい？」

「僕の先生も……少年のようでしたか？」

少し由多が、明彦がしようとしている話を先延ばしにする。

「由多の大切な先生は、もう大人みたいな目をしていたよ。今はどんな？」

「僕が先生に出会ったときには、先生は大人でした」

出迎えてくれたアトリエで、ぎこちなく笑いかけてくれた凌を、由多は昨日のことのように思い出せた。

一人の教室をと、両親が無理を言ったのを、聞いてくれたことをそのとき由多は知らなかったけれど。

「今の由多と、歳はそんなには変わらなかったんじゃない？　六年前なら。そんなこともないか、大学卒業してすぐだね。僕はもういくつもの賞を取って、絵には買い手が列を成してた。若い作家が珍しい、先物買いの連中がほとんどだったけど。株を買うみたいに絵を買うんだよ」

「先生は、自分の絵を、どうして描かないんですか？」

触れがたいことに、由多は触れた。

少しずつ明彦が教える十年前の凌が、この間由多に別れを告げた凌と、ゆっくりと重なっていく。

「課題は描いていたね。どんどん駄目になっていった。暗くて、目的のない、提出期限だけは守る絵を描いてはいたよ」

手がかりが、由多は欲しかった。

もし凌に何かがあって凌が変わってしまったのなら、その理由が知りたかった。

「教室を変えて欲しいと訴える美以を、僕は捕まえた」

けれど十年前から、話は動かない。

「美以と桐生は、何か大きな秘密を共有してると確信して、美以に近づいた。秘密に胸を塞《ふさ》がれている美以から、そのことを聞き出すのは簡単だったよ。なんでも聞いてあげるから、誰にも話さないからと、抱いてあげれば良かった」

「僕……もう」

不意に、由多は耐えられないほど恐ろしくなった。

指の先に鋭い爪を持っていることを知っていて、明彦はただ徒《いたずら》にそれを振り下ろさないでいるだけだ。小さな生き物を爪の先で転がすように、由多を嬲《なぶ》っている。

「もう、帰ります」

シャツを取って駆け出そうとした由多の腕を、椅子から立ち上がって明彦は強く摑《つか》んだ。

「なんのために来たの?」

まだシャツを着ていない由多の体を白い壁に押さえつけて、耳元に、明彦が尋ねる。

「大事な先生のことを、ちゃんと知りたいんじゃなかったの？　逃げ出すのかい？」

問われて、由多は息を詰まらせた。

自分の知らない凌を、見つけなければと由多は思っていた。

正しくないから誰も愛さないと言う凌に、そんなはずはないと言える理由を探していたはずだった。

「帰るなら、シャツを着せてあげるよ」

「……シャツは、自分で着られます」

目を合わせられて、弱い光しかない瞳でそれでも由多が見返す。

「美以さんは何を、明彦先生に話したんですか」

「聞くんだ？」

楽しそうに明彦が頰《ほお》を撫《な》でるのに、由多は顔を背けた。

「抱いてあげると、美以はなんでも話した。桐生の父親が、日展の審査委員を長くやっていたことは知ってるかい？」

「いいえ。先生はおじいさまの話は時々してくれるけど、お父さまのことは何も……」

言われて、本当に不自然なほど凌から家族の匂いがしないことにも、由多が気づく。

アトリエのある洋館を持っていた凌の祖父も、由多が通い始めた頃には姿を見なかった。

「だろうね。桐生の父親は著名な洋画家だ。絵はね、僕には全然わからないけど、政治力がとても強い」

「政治?」

「僕みたいにね、いろんなところと繋《つな》がってるってこと。政治に忙しくて桐生の父親は、息子の才能もよく見えていなかったんだろう」

一度も凌の口から聞いたことのないその父親の存在は、由多にとってはないも同じだ。洋画家だということも、由多は自分の両親から聞いたきりだった。

「美以は所属してる事務所から、藝大入試の技術試験の前日に内密の仕事を頼まれた。普段の十倍のモデル料を現金で渡されて、他言無用で、ある洋画家のアトリエを訪ねたそうだ」

壁に、強すぎるくらい由多は背を押しつけていた。

「アトリエには、少年が一人いた。指定された三つのポーズを美以は取って、少年はそれを熱心にデッサンした」

体に明彦が触れているのが、由多は怖い。

「翌日、美以は入試用のポーズを指定された紙を渡されてとても驚いたそうだ。それは前日に少年の前で取ったのと同じポーズで」

その怖さに気を囚《とら》われて、明彦が言った意味が由多にはすぐに理解できなかった。

「新学期が始まったら、その少年は一年生のデッサン教室にいたってわけ」

アトリエに差し込む日差しに、不意に、由多を見ている明彦の顔が鮮明になる。

「入試問題の漏洩《ろうえい》だよ。桐生は不正入学をしたんだ」

強い抑揚も付けずに、明彦は言った。

「馬鹿だね。そんな危ない橋を渡らなくても、桐生は藝大に落ちたりしなかったのに。父親はそんなことにも気づかなかったんだね」

その明彦の声は、凌に同情しているようにさえ由多には聞こえる。

「最初から知っていたのか、入試で気づいたのか。もちろん桐生自身も、そのことはわかっていたはずだ。美以は自分が不正入学に荷担したことに狼狽《うろた》えるような愚かさを、まだ持っていて」

「愚かだとは……思いません」

締め上げられたような喉《のど》から無理に言葉を吐き出すのは、由多にはそれが精一杯だった。

現に由多は今、まだ明彦に告げられたことを飲み込めずに、ただ狼狽えている。狼狽えるなどという言葉では足りなかった。

「思わないの?」

正しいと由多を認めてくれた凌こそが、由多にはいつでも正しい者だった。正しい者だから由多は、凌の引いてくれる手に、安堵《あんど》してついて行った。

決して凌が間違いをする人間ではないと、由多は何一つ疑ったことがなかった。思えばなんの根拠もなかったのに、ただ闇雲に由多は凌を信じていた。

凌の他に、信じる人がいなかった。

「青ざめた肌が、とてもきれいだね。初めて抱いたとき、美以もそんな肌をしてた。まるで何も知らないような」

掌《てのひら》で明彦が、由多の肌を撫でる。

逃れる力が、由多にはなかった。

「怯《おび》えるぐらいなら、桐生から金を取れと、僕が美以を唆《そそのか》した」

「どうして、そんなこと……」

「美以は最初、嫌がった。だったら売れない芝居のチケットを、何枚も買わせたらいいと美以に教えた。いずれにせよそれが、美以と桐生の秘密の楔《くさび》になる」

大金を凌が美以に渡していたと永遠《とわ》が言ったことを、由多も忘れていない。

「桐生は美以に、金を払った」

何か凌が困っているなら助けたいと、由多はあのとき永遠に言った。

由多には手に負えない話だと、永遠は怒った。

「一度間違いの対価に金を払ったら、桐生はもう二度と立ち上がれないだろうと思ったけど、その通りになったよ」

永遠の言う通りだ。

この明彦の話が本当なら、由多は何もできないだけでなく、言葉さえ出ない。

いつでも由多に差し込む朝の光と同じだった凌から、この話は遠過ぎた。

手を繋いで歩いた十二歳の朝からずっと、凌は由多には、やわらかでやさしい清い光だったのに。

「芝居に出る度に、美以は直接桐生から金を貰《もら》ってる。今もだ。僕はいつも美以といたから、僕がそうさせていることにも気づいていながら桐生は一度も僕を見なかった」

潰《つぶ》れた。

目障りな才能が一つ消えたことを、以前明彦はそんな風にあっさりと語っていた。

「それが、由多の大切な先生だよ」

穏やかにゆっくりと、明彦が由多に教える。

「何も見えてないから、大切だなんて言えるんだね。桐生のことを」

ずっと、どうしても描けなかった凌の顔が、由多には完全に見えなくなった。最初に笑ってくれた凌が、どんな顔をしていたのかも思い出せない。

「それが、僕たちの話だ。僕と、美以と、桐生の話」

さあ、と、手を引いて明彦は由多をモデル台の上にいざなった。手に強く握っているシャツを取って、硬い椅子に座らせる。

「肌が冷えてる」

肩に触って明彦は言ったけれど、何をしてくれるわけでもなかった。

イーゼルの前に座って、何もなかったかのように続きを描き始める。

「……描けるんですか？　こんな話の後で」

乾いた唇で、由多は信じがたく明彦に問い掛けた。

「だって僕は、ずっとこんな風に生きて来たもの。いつもの話をたまたま今、由多にしただけ」

虚勢とは思えない滑らかな筆使いで、明彦が由多を象《かたど》る。

由多はもう、明彦に描かれたくなどなかった。ただ、足に力が入らず椅子から立ち上がれない。

憤りだろうかと、由多はこの描かれる不快の理由を思った。

明彦に、自分は憤っているのだろうか。

それとも、凌を赦しがたく思っているのだろうか。

ずっと凌が由多に隠していた見えなかった顔は、由多の絵の具箱に一本だけ残る黒いチューブに似ている。あの色を使うと、全てが暗く黒に飲み込まれてしまう。

大切な凌の、由多に向けられた笑みも、伸ばされた指も。凌を愛した由多の思いまでもが、夜のように闇に沈んでいく。

ずっと由多を照らしてくれていた光が、閉ざされる。

「10号描いてる？」

当たり前のことのように明彦は、由多に尋ねた。

「手続きをしておくから、新人展の準備をしなさい。由多、僕は桐生には決して持ち得ない力を持ってる」

何を明彦は言っているのだろうと、角度を変えていく日差しだけも由多には見えない。

「そういう力に縋《すが》って、これからは生きて行くんだ。ただきれいなばかりでは、君は本当にたやすく壊れてしまうからね。桐生のように」

短い時間に由多は、大切なものをいくつも失った。

何処から日が射しているのかわからずに、ぼんやりと窓を見る。

取り返しが付かないこともあると思いはしたけれど、ただ一つだった光まで奪われることを、由多は想像さえしていなかった。


藝大の前期試験は、筆記の他に実技や提出物も多い。

学生達はクラスごとに与えられている広い教室に、居残ってそれぞれ制作をした。

必死な空気が教室中に立ち籠めているけれど、由多は何もできずに課題の8号キャンバスの前にいた。

筆記のための勉強に没頭できたらと思いながら何も頭に入らず、ずっと靄《もや》を纏《まと》っているような微熱を抱えて平筆を握っているけれど、絵の具は乾いていくばかりだ。

今由多の手元にある油絵の具も、ホルベインだった。冬の終わりに凌に貰った二十四色は、自宅の引き出しの奥で眠っている。

考えることを、明彦のアトリエを出てから由多はやめようとしていた。

けれどどんなに思うまいとしても、凌のことを考えてしまう。

藝大を受験すると由多が決めたのは、高校二年生の春だった。進路希望書にそう書き込んだと走って告げに行ったとき、凌はどんな顔をしていただろう。

「予備校に移りなさいって……何度、言われただろ」

それぐらいなら藝大を受けない、先生のそばで絵を描いていたい。

そうして由多が凌への気持ちを露《あら》わにするほどに、凌が遠のいていくのに、本当は由多も気づいてはいた。

凌は由多の思いに、追い詰められていたのかもしれない。

受け入れられないと思いながら告白した三月が、由多にはもう随分遠く思えた。

「どうしてまだ8号を描いてるんだ？　小鳥井《ことりい》」

不意に、自分が呼ばれたことに気づいて由多が顔を上げる。

由多の横には、学科主任の教授が立っていた。

「まだ、仕上がっていないので」

「その8号仕上げてたら、秋の新人展に間に合わないだろう。10号の準備をしなさい」

問われた意味がわからず答えた由多に、教授が告げる。

新人展という言葉に、教室に残っていたクラスメイトが一斉に自分を見たのが、由多にもわかった。

「僕は……三宗《みつむね》先生の推薦は受けません」

「何馬鹿なことを言ってるんだ。もう三宗先生から学部には申し入れが済んでるよ。8号は提出しなくていい。新人展用の10号を採点して、それを単位にするから安心しなさい」

不安を取り違えて由多の肩を叩《たた》くと、教授は後は何も見ずに教室を出て行ってしまった。

「待ってください！」

声を立てて教授を追おうとして、沢山の目が自分を見ていることに気づいて由多は振り返れない。

今まで由多は、誰かに善意ではない目で見られても、大きくは気にすることがなかった。

その視線が何を思うのか考えなくても、凌がくれたいくつもの言葉と繋いでくれた指を思えば、立っていられた。

両親でさえ持て余す自分の目を見て、信じてくれる人が間違いなく一人、由多にはいたのだ。

「8号キャンバス、無駄になったな」

聞き慣れた松田《まつだ》の声に、もう何者にも守られない由多が振り返る。

「一年のうちからこうあからさまに格差見せつけられたら、前期試験なんか馬鹿馬鹿しくてやってられないよ」

他者が自分に投げる声も、いつもよりはっきりと聞こえた。

「新人展の10号が、単位になるってよ。良かったな」

由多を見ながら、松田が由多のパレットに使わない黒を押し出す。

「ちょっと！」

いつもすぐに庇《かば》ってくれていた亜紀《あき》が、初めて声を上げたことにも、由多は今気づいた。

「無駄になった8号、俺が塗りつぶして使ってやるよ」

「よしなさいよ、やり過ぎよ‼」

亜紀が止めるのも間に合わず、パレットの色を全て黒で混ぜて、松田が由多の8号キャンバスを平筆で塗る。

使わずに来た黒に、由多のキャンバスは塗り潰されて行った。

松田の筆を下ろす音は驚くほど単調で、自分が塗っているのと由多にはさして変わらずに聞こえる。

絵を描くこともやめた凌の前で、由多はそうして、いつも筆を置く音を聞かせてきた。いつも凌は由多を、どんな思いで見て来たのか。

本当の悪意を由多は忘れていたと、静まりかえる教室に立ち尽くして気づいた。

いいや、知らなかったのではない。自分に向けられるものを、いつからか由多は正視せずにいた。

ただきれいなばかりでは、君は本当にたやすく壊れてしまうからね。桐生のように。

投げられた明彦の言葉が、耳に返る。

平筆がキャンバスを染める音はやまない。

どんな思いで凌がこの音を聞いていたのか、自分はまだちゃんと知ったわけではないと、由多は筆の先を見た。

明彦の言う通り本当に凌が壊れてしまっているのか、由多はまだ、確かめていない。そんな風に黒で凌の顔を塗り潰されてしまったけれど、それをしたのは凌でも由多でもなく、明彦だ。どれだけ黒くしたら気が済むのだろうと、キャンバスが潰されるのを見つめてもいつまでもそれは終わらない。

こんな風に自分を拒む場所に足が竦んだことが、かつて由多にはあった。十二歳のときだった。

他に息をする場所がある、大丈夫、自分の傍《かたわ》らがあると、朝迎えに来てくれた人のそばで由多は大きく呼吸をした。

彼がもう自分に手を差し伸べないというなら、差し伸べられない人だというのなら、由多は何処で息をしたらいいのかわからない。

悪意に飲み込まれそうになって、由多は確かに自分を守ってくれていたはずの人に、問わずにはいられなくなった。

そうして自分を拒んだことも、明彦の教えたことも、何もかもが嘘だと言って欲しい。嘘だと言ってくれたら、由多はもう目を瞑《つぶ》ってそれだけを信じる。

六年は凌の呟《つぶや》いた通り、決して由多には短くはなかった。黒い絵の具でも、容易に塗り潰せはしない。

自分に纏う全ての暗い思いに背を向けて、由多は教室を出た。

まだ凌を信じようとして、信じた凌に、助けを乞おうとして。


返さなくていいと言われた傘は、由多の部屋に置いてある。

返さなくていいと言われたから暗い色をした傘は持たずに、由多は凌の元を訪ねた。

アトリエから眺められる庭の方から、人の気配がする。垣根の途切れている庭に、由多は無意識に足を向けた。

夏の夕方の下草に凌が水遣《や》りをしているのを、往来に赤い花を伸ばしている百日紅《さるすべり》越しに見つめる。庭の奥には秋楡《あきにれ》の木から、たくさんの緑の葉が垂れていた。

今日は水曜日だと、由多は気づいた。水曜日にまだ、凌は誰も教室に入れていないのだろうか。

ホースで無造作に撒《ま》いていた水を、凌が止める。

「……面倒だけど、祖父が遺したものだから世話をしないわけにもな」

水の始末をして、凌は溜息《ためいき》交じりに言った。

「どうして、来たんだ？」

不意に、振り返られて、今の言葉が自分に向けられたものだったことを由多が知る。

声につられるように、由多は一人暮らしには広過ぎる庭に足を踏み入れた。

「俺はもう、これ以上由多を傷つけたくないから来ないでくれないか」

真っ直ぐに由多を見て、凌がはっきりと拒絶を告げる。

何から、話したらいいのか由多はもうわからない。何から尋ねたらいいのか、もう何も凌に求めてはいけないのか。

「先生、僕は全然、一人で歩けてないよ」

酷く懐かしく思える凌の顔を見ていたら、ただ甘えが、由多の口から零《こぼ》れた。

「このままだと僕はもうすぐ、壊れる」

投げ出した言葉に、少し、凌の顔色が変わる。

久しぶりに由多は、そんな風に自分を案じる凌の顔を見た。ずっと自分を守ろうとしてくれていた、黒い瞳に、このまま縋ってしまいそうになる。

「何があった」

仕方なさそうに、それでも凌は尋ねてくれた。

「明彦先生が、そう言った。僕は壊れるって」

「……誰だって？」

由多が口にした名前に、凌が僅《わず》かに眉《まゆ》を寄せる。

「三宗、明彦先生。大学の特別講師で、僕は先生に黙って明彦先生のモデルをしてた」

叶《かな》うなら凌の口から嘘だと聞こうと思っていた由多の気持ちは、逸《はや》った。

「明彦先生のアトリエに美以さんがいて」

まだ由多は凌から、何も聞いていない。

「大学でも、美以さんに会った」

こうして凌のまなざしを見ていると、そもそも凌以外の人間が投げた言葉に飲まれている自分が愚かに思えた。

「話を聞いたのか？」

葉の茂る秋楡の下に立つ凌に、由多が歩み寄る。

「なら、その話に間違いはないよ」

小さく由多が頷《うなず》くと、凌は少しだけ俯《うつむ》いて告げた。

「由多には、知られたくなかったな」

訪ねてそれを凌に聞いたことを、由多に充分に悔やませる声が返される。

「でも本当のことだ」

水を撒いた庭に、夕暮れの夏風が渡る。この涼しい風が肌を撫でる心地よさを、由多はよく覚えている。絵を描かずに凌を手伝って、夏にここに水を撒いてはしゃいだことも何度もあった。

「先生みたいに僕は壊れるって、明彦先生は言った。先生は……壊れてるの？」

緑の匂いに巻かれながら、由多が凌に怖ず怖ずと歩み寄る。

「壊れてる、か」

ぼんやりと凌が、自分を確かめるように呟いた。答えはすぐに、導かれない。

「何処まで聞いたんだ？　俺の不正入試？　美以に金を払い続けてること？」

あっさりと尋ねながら凌が、由多を見つめた。

「なら、それで全部だよ」

由多の声を聞かずに、表情を読んで凌が笑う。

「先生から聞かないと、僕にはちゃんとはわからない」

「こんなところにいつまでもいたら、虫に刺されるぞ」

言いながら凌は、由多を部屋に上げてくれる様子もなかった。

気の早い蜩《ひぐらし》が鳴いていた。

何も思わずに凌は、その声を聞いているようにも見える。これ以上言葉をくれないかに見えた凌の唇が、僅かに開いた。

「もう思い出せもしないくらい昔、俺も由多みたいにただ絵が好きだった」

ひたすらに必死で、凌が紡ぐ声を由多が聞く。

「父親が洋画家で、いつも当然のように俺の絵に木炭や筆を入れた。仕上がった絵は、自分の絵なのかなんなのかわからないものになってたよ」

一つも、聞き漏《も》らすまいと由多は思った。今まで由多は自分のことばかりで、凌のことをあまりにも知らずに来た。

「藝大に入ったら、家を出ようと思ってた。受験の前日に、父のアトリエに呼ばれて、そこに美以がいた。好きにデッサンをしていいと言われて。美以は一時間の間に三つのポーズを取った」

ずっと由多は、目の前にいるやさしさの塊が、ただ、凌なのだと知っているつもりでいた。

「入試の日、驚いたよ。俺の父親はこんな真似《まね》までできるのかと……だけど俺が一番驚いたのは」

遠くを見るようで、凌は昨日のことのようにその日を思い返している。

「前の晩に描いたポーズを、俺が試験を放棄せずに仕上げたことだ」

　ふと、由多と目を合わせて凌は笑った。

「自分に絶望したよ」

　その感情を、由多は最近知ったつもりでいた。賢人《けんと》と再会して、周りと自分がようやく見え始めて、凌が言うような思いを味わったつもりでいた。

　けれど凌の纏う絶望は、由多には計り知れない。

「それでもなんとかここからやり直せないかと、足掻《あが》いた。とにかく父の元を離れたかった。だけど教室には、何もかもを知ってる美以がいて」

　秋楡に凌は、疲れたように寄りかかった。

「不正を黙っていてもらうために、金を払い始めた。知らなかったよ。罪科の代わりに金を払うと、罪科は鉛みたいに、どんどん重くなるんだ。本当に俺は浅はかで愚かだった」

　逃げ出したいような足で、それでも由多は何故だか凌に近づこうとした。

「漏洩《ろうえい》だとわかって試験を受けたのは自分なのに、父を恨みもした。何度も殺してやろうと夜中に刃物を摑んでいる俺を、祖父が助けてくれた」

　疲れ果てている凌に、何かできることはないかと由多の心が探している。

　信じていたような凌ではなかったと教えられて、由多はそれを少しもわからずにいた自分を咎《とが》める思いがした。

「ここで子ども達に絵を教えて、子ども達の描く絵を眺めて生きていきなさいと」

やっと、少しだけ穏やかに、凌が笑う。

見たことがあると、由多は凌の笑顔を追った。初めて凌が、由多に見せてくれた笑みだ。ぎこちなく、やさしく、誰も傷つけまいとするように少し怯えの映る笑みだ。

「それでも美以は相変わらず、時々俺のところにやってきた。俺がどんな人間なのか、忘れさせない。泥沼にゆっくり沈んで行くみたいだった毎日に、すぐに由多が現れた」

頑是ない者を見るように、凌は由多を見つめた。出会った日の由多を、凌は見ている。

「由多はきれいだった」

ほんの少し、凌の声が掠《かす》れた。

慈しみと愛しさが確かに覗《のぞ》いたけれど、今の由多はその言葉を簡単には受け入れられない。

「先生も、僕が嫌いだった？」

答えを恐れながら、由多は聞いた。

己を断罪し続けていた凌に、知らぬ間に正しさという刃を突きつけていない自信は、由多にはまるでない。

「言っただろ？　俺は由多の正しさに傷ついたりしないよ。だけど由多はそのまま多感な時期を過ごしたら、壊れてしまうかもしれないとは思った。三宗の言うように」

確かに凌が案じていてくれたことを、由多は教えられた。

「俺の拙《つたな》い言葉しかなかったけど、そうやって由多を守ろうと思ったよ。由多の心を守ることだけが、俺の大事な時間だった。俺には由多の存在が救いだった」

それなら由多は、今度こそ凌の庇護《ひご》の元で凌とだけ生きて行きたい。

「朝を、先生と歩いた」

「贖《あがな》いだったんだ」

決して愛ではなかったと、何度でも凌は、由多に教えた。

贖いという言葉の意味が、由多にはわからないわけではない。

「……美以さんは、僕に会わないように夜に先生を訪ねてたって言ってた。先生に僕がいるのを、知ってたって」

ただ、それが凌の贖いだったというのなら、終わらせないでいつまでも抱いていて欲しい。

「僕は先生がどんな人でもいい。僕は先生の言葉や先生の手がないと生きて行けない」

知らず、由多は凌に近づいていた。

「先生のそばにいさせて」

乞いながら凌のシャツを、以前のように摑んでしまう。

少しの時間も、凌はくれなかった。

丁寧に凌は、由多の指を解かせた。そうして由多の肩を押して、肌を遠ざける。

「金を渡すときに、美以を抱くこともある。そういう風に扱われることを美以が望むから、美以の求める通りにする」

凌の腕の中に残っていた香水を、由多は思い出して息を詰まらせた。今にもその香りが、ここに届くようで喉を塞がれたようになる。

「くちづけたら、由多はすぐに逃げ出すだろうと思ったんだ。馬鹿だったな。俺にはまだ、小さな子どもに見えてたんだよ」

決してそれ以上近づくなと言うように、凌は言葉で由多を突き放した。

「触れたら俺がどんな人間なのか、由多にはわかるだろうとも思った。本当はこんな手で、由多に少しも触れたくなかったのに」

ふっと凌が、長い自分の指先を眺める。

「由多」

まるでその手の中に由多がいるかのように、凌は名前を呼んだ。

「由多は本当にきれいだ。由多が間違ってないのは本当だ。出会ったとき、由多があんまりきれいで、俺は由多に触ったら何か罰が下って死んでしまうかもしれないと思いながら」

ゆっくりと凌が、何かを閉じるようにその手を握りしめる。

「何度も由多の髪を撫でて、由多の手を繋いで、由多を抱きしめたこともあった」

もう終わりなのだと、繰り返されているのは由多にもわかった。

「そんなとき俺は少し幸福で、このまま罰で死んでしまえたらと思ったけど、いつの間にか由多は大人になった」

由多は大人だと、もう一度呟いて凌が由多を見る。

「大丈夫だ。そのままの由多を、必ず誰かが愛するよ」

「僕は」

「もっと上手に、由多とさよならがしたかった」

「先生が」

「誰かが俺を愛することがあるなんて、思いもしなかったんだ」

切れ切れの由多の告白を、凌は聞かなかった。

「ごめんな」

もう決して、髪を撫でてくれることもなく、凌が由多を離れていく。まだ追おうとした由多を置いて、凌は母屋に消えていった。

自分を拒んでドアの閉まる音を、遠くに由多が聞く。

贖いだったんだ。

髪を撫でてくれたことも指を繋いでくれたことも抱きしめてくれたことも、与えたやさしさの全てを、凌はそう言った。

意味をちゃんと知ろうとしたら、首を押さえられたようになって目の前が暗くなる。

早くこの庭を出なくてはと、由多は鎖に繋がれたような足で秋楡の木を離れた。このままここから動けずにいたら、いずれ凌は助けてはくれるだろう。

けれどそれは由多が望んだ、愛を孕《はら》んだ手ではない。


前期試験の中に、九十分のうちに静物のデッサンを仕上げるものがあった。

まともに答えられたかもわからない筆記試験も、実技試験もぼんやりと過ごしながら、それでも由多は大学に行った。

家に引き籠もったら、母親が心配する。

ずっと無断欠勤していたバイト先から連絡があって、とうに首だと怒鳴られた。永遠にもやめられて、困り果てているとも教えられた。

クラスではみなが、よそよそしい。元々のことだ。

それでも、教室に置き去りにしたパレットは亜紀がきれいに始末してくれて、8号キャンバスは何処かに消えていた。

「小鳥井、もう時間ないわよ」

みんなが素描に集中する木炭の紙を走る音が響く中、何度目か亜紀が、由多に声を掛けてくれる。

「そこ、私語慎んで」

試験監督の助手が、注意を促した。

「……ごめん、亜紀ちゃん。ありがとう」

ようよう小さく、由多の声が出る。

だが、亜紀に言われる度由多は木炭を握り直したけれど、どうしても絵を描くことはできなかった。

木炭の持ち方も、凌に習った。デッサンの流れも、凌は丁寧に教えてくれた。

大好きな絵を描くことの傍らに、いつでも、凌がいた。何も持たない由多にはただ一人、必ず凌がいた。

贖いだったと、凌は言った。

それはどんな感情なのだろうと、由多は何度も凌のその声を思い出していた。

自分に唯一間違いなく与えられていたと由多が信じた愛情は、凌の科《とが》を償うための行いだったのだろうか。

だとしたら由多には、もう何もない。

何も見えていないから、凌が大切だなどと言えるのだと言ったのは、明彦だった。

確かに由多には、凌がまるで見えていなかったのかもしれない。無条件に信じて、当然のように愛した。

何故凌だけが自分を赦し認めてくれるのか考えもせず、ときには凌の腕の中に抱かれたこともあった。

「……幸福だった?」

ふと凌の声が、由多の耳元を過《よ》ぎる。

そんなとき凌は、少し幸福だったと由多に教えた。

罪科を贖えた気持ちが、凌にはしたのだろうか。

抱かれていた由多の幸いと、それはあまりにも遠い。

長い時間、あんなに近くにいたのに、由多と凌は随分離れたところに心を置いていたことになる。そのことを凌だけが、よくわかっていた。

「終了。木炭を置いて」

試験監督の声とともに教室に、一斉に長い息が吐かれる。

他人事《ひとごと》のように、由多はそれを聞いていた。

実技試験の静物を、由多は一つの線も描けていない。

「小鳥井……」

心配そうに亜紀が、由多を呼んでくれた。

大丈夫だと言おうとして、由多は声が出ない。

面倒見のいい亜紀は、大学に入ってからクラスで一人だけ、由多を気にしてくれた。そういう性分なのか、人より少し遅れてしまう由多を急かし、繰り返し声を掛けてくれる亜紀と由多は親しくなった。

受け止めるばかりで、由多は亜紀に何も返したことがない。

何度もありがとうと言ったけれど、どうして亜紀が自分を構ってくれるのか由多は考えたことがなかった。

「亜紀ちゃん、もう」

誰かのやさしさに、全て何かがあると由多は思ったわけではない。

「僕のこと、気にしないでいいよ。今までありがとう」

何も持たないようで手に刃を持つ自分が、いつか亜紀のくれるような慈悲を、知らず傷つけてしまうのが怖かった。

そんな由多に決して傷つくことはなかったと言ったのは、もう傷つき果ててしまった凌だけだ。

誰かが俺を愛することがあるなんて、思いもしなかったんだ。

不意に、その言葉が由多の胸を裂いて、それが一番悲しかったと、無為に指先に持っていた木炭を静かに置いた。

塞ぎ込む由多に母親が狼狽《ろうばい》を見せるので、いつもより早く由多は教室に入った。課題のための制作に励む級友を、イーゼルも立てずに、由多はただ眺めていた。皆、何を描いているのだろう。なんのために描いているのだろう。

ついこの間まで由多は、そんなことを一度も考えたことがなかった。

何かを思うより先に、指先が動いて絵を描いていた。描くことがただ、好きで堪《たま》らなかった。好きで堪らない人が、由多の指から生まれるものを眺めて、言葉をくれた。

「何してるんだ、小鳥井。何故10号を描かない」

人の増え始める時間に学科担当の教授が、座っているだけの由多を見つけて、乱立するイーゼルを避けながら近づいて来た。

「デッサンの実技、放棄したと聞いたが」

咎める教授の顔を、由多が見上げる。

何も描けなくてと由多は言おうとしたけれど、まともに声は出なかった。言い訳にもならない言葉だし、誰に何を伝えることも無意味に思える。

一番大切に思っていた人と交わした言葉たちは、心が与えられず泡のように消えた。

「いくら三宗くんの教え子でも、単位が取れなければ進級はさせられないよ」

何も映さないかのような由多の瞳を、教授が訝《いぶか》しげに見る。

「10号の準備をしなさい」

キャンバスを自分で張るのが、由多は好きだった。

中学三年生の夏休みに、凌がキャンバスに描こうかと、由多に笑った。売っているものもあるけれど、二人で木枠から作ろうかと言われて、由多は大きく頷いた。

画布も木材も凌のところには古いものが揃《そろ》っていて、丁寧に測るところから凌は教えてくれた。画布をピンと張るのが、最初は難しかった。画布に塗る膠《にかわ》液も、凌に習いながら二人で作った。火を使うときは危ないからと、初めの頃凌は触らせてくれなかった。

「僕は」

頼り切りの凌に恋をしたのは、由多には当たり前のことだった。

「誰の教え子でもありません」

思い出を乞うて泣くのも、簡単なことだ。

「だったら8号を仕上げなさい。描きかけの8号はどうした」

けれど振り返るそこに確かに在ったはずの凌の気持ちがないのなら、思い出はもうないも同じだ。

視界の端で松田が、自分を見たのがわかった。

黒く塗りつぶされた8号の下に、何を描いていたのかも由多は覚えていない。言えることが見つからず、由多は椅子から立ち上がった。

「小鳥井！」

呼ばれても立ち止まることができずに、教室を出る。

夏の朝の日差しが、廊下に満ちていた。

大学はやめることになるだろうと、由多は思った。もう随分と、一筆も描けていない。一枚のデッサンもしていない。

癖で持ち歩いているアルタートケースの中のスケッチブックも、下絵のための水彩絵の具も、乾いて蓋《ふた》がきつくなるばかりだ。

描き方が、由多にはわからない。

もう何も描ける気はしなかった。

翌日も由多は普通を装って家を出たけれど、習慣で大学の駅で降りてから足が動かなくなった。テレピン油の匂う教室に、近づける気もしない。

改札に戻ろうかと、振り返った。だが、まだ午前も済んでいないのに、自宅に帰ってますます母親を心配させるわけにはいかない。

いつも遠くに動物の声を聞くだけだった、駅に近い大きな動物園の看板が、ふと由多の目に付いた。大学に行くとき前を通ることもある。一度も入ったことがないと気づいて、由多は動物園に足を向けた。

「大人一枚」

入り口で大人料金を払って、目的もなく園内に入る。

たまに凌は、由多をこういうところに連れて来てくれることがあった。夏休みや冬休み、ひたすら絵を描いている由多に、何か予定はないのかと聞いて、ないと答えるといつもと違うものを描いてみようかと教室の場所を変えてくれた。

歩きながら、間が悪いときに動物園に入ってしまったと、由多が気づく。

そこら中に帽子を被《かぶ》った子どもたちが、首から画板を提げて気に入った動物を描いていた。

ふざけて騒ぐ子どもを、注意する教師も目に付く。

今日は何処かの小学校が、この動物園で写生大会を行っているようだった。

子どもたちが無邪気に絵を描いているのを見ると、どうしても自分と凌のことを考えてしまう。

これ以上他に行く当てがあるわけでもなかったけれど、ここを出ようと、由多は広いコースを逸れて木陰の細い道に入った。

「なんで動物、描かないんだよ」

木漏れ日の射す人気《ひとけ》の少ない、檻《おり》から外れた道にも子ども達はいて、よく通る男の子の声が由多の耳に届く。

見ると、画板を膝《ひざ》に乗せて座り込んでいる女の子の横に、男の子が立っていた。

「今日は動物描く日だぞ。なんで動物いないとこにいるんだよ、変なやつー。猿だってライオンだって象だっていんのに、そんな花何処にだって咲いてんじゃねえかよ」

捲《まく》し立てるように男の子に責められても、女の子は俯いて何も言わない。

「孔雀《くじゃく》が羽広げたのに、見てねえのかよ」

焦《じ》れて男の子が肩を押すのに、女の子はますます俯いた。

そんな風に、「何故おまえは」と、由多は言われることがよくあった。なんでそんなことをするのか、どうしてそんなことができないのか。

それでも目の前の女の子のようには、俯かずに過ごせた時間が、多かった。

決して由多にそれを訊《き》かない湊が、いつでも手の届くところにいたので。

「今日は、動物を描かないといけないの？」

気づくと歩み寄って、由多はやんわりと、男の子に尋ねかけていた。

「……なんだよおまえ」

「動物を描く写生大会なの？」

「そうじゃねえけど、動物園にわざわざ来たんだぞ。動物描くのが普通だろ？」

大人に不意に声を掛けられて、男の子がしどろもどろになる。

「でも、必ず動物を描かなきゃいけないわけじゃないいんだよね？　描きたいもの、何を描いても自由なんじゃないのかな」

俯いた女の子は、画板を強く摑んで唇を噛《か》み締めている。

背を屈《かが》めて、由多は男の子と目線を合わせて訊いた。

「サイだってトラだっているんだぞ。バーカ！」

言い捨てて男の子は、自分の画板を抱えて大きな檻のある方に走って行ってしまった。

何かその男の子の姿が、出会った頃の永遠と重なる。

今なら由多にも、少年だった永遠の感情がどんな風に発露していたのか、わかる気がした。

「あの子は、君が気になってしかたがないんだね」

ずっと男の子が立ち去るのを待ってただ堪えていた女の子に、由多が教える。

「大嫌い」

顔を上げないまま女の子は、男の子のことを言った。

それはどうにも仕方のないことだと、由多が苦笑する。

ずっと頑《かたく》なだった唇が動いたことに気づいて、ふと、由多は少しだけれど久しぶりに自分が笑ったことを知った。

「何を描きたいの？」

ほんの少し気持ちが凪《な》いだような気がして、ここに留まりたくなる。

尋ねながら由多は、女の子の気に障らないようにそっと、隣に腰を下ろした。

彼女が答えてくれるのを、根気よく待つ。元々由多は、何も急がない。

「むらさきつゆくさ」

目の前に咲いている、その名の通り紫色の花びらをもった小さな花を指して、女の子はようやく由多を見上げた。

彼女は何処か、暗い目をしていた。窺《うかが》うように、疑うように、由多を見た。

「どこにだって咲いてるのに、変な子って、言わないの？」

言われるより前に女の子は、先回りをしたようだった。

「言わないよ。さっきの男の子に言われたの？」

「いつもわたしのこと、変なやつって言うの」

「何も、変なんかじゃないよ。きれいだよ、むらさきつゆくさ」

小さな花は、由多も好きだ。動物園にいても、動物を描かないのがもったいないとも思わない。

そう思って素直に告げた言葉に、女の子はもう少し顔を上げた。

「大好きな花なの。ここにも咲いてたから、嬉《うれ》しくて。それに」

寄り添う言葉を注がれるということが、否定されることに慣れている子どもにどんな風に届くのか。

「どう違うの?」

「うちの近くで朝に見たむらさきつゆくさと、全然違うの」

萎《しお》れた花が水を吸い上げるようになる女の子に、由多は幼かった自分を重ね合わせた。

殊更丁寧に、由多が尋ねる。

「きれいだけど、元気がないの。だから早く描かないと駄目なの」

「じゃあ、描いてあげなくちゃ」

絵筆と、水の入ったバケツを傍らにしている女の子の画板の上の画用紙は、白いままだった。

「おにいちゃん、絵の学校の人?」

抱えている由多のアルタートケースを見て、女の子が尋ねる。

「すぐそこに絵の学校があるって、先生が言ってた」

「そうだよ。絵を、習ってる」

もう何日も絵を描いていない由多は、嘘を吐いているような罪悪感を覚えたけれど、段々と真っ直ぐに自分を見る女の子に頷いた。

「むらさきつゆくさ、もうすぐ萎れちゃう。上手に描いてあげたいの。どうしたらいい?」

教えてと、彼女が由多にそれを乞う。

望まれて、由多は一瞬、凍り付いた。目の前に絵筆があり、自分も使った覚えのある子ども用の水彩絵の具がきれいに並んでいる。

今ほんの少しの時間忘れていた、凌とのこと、何も描けない自分のことを、俄《にわか》に思い出す。

女の子の前から、逃げ出すのは簡単だった。

ごめんね、急いでいるから。

そう一言言えばいい。けれどそんな嘘も、由多には容易に思いつかない。

「下絵はしないの？」

「鉛筆の線が残るのはいや」

なんとか穏やかに尋ねた由多に、彼女は首を振った。

少し、この子に絵を教えたらここを立ち去ろう。一筆でも描くのを見たら行こうと決めて、由多は女の子の隣に座り直した。

「……何色が見える？　一番薄い色を、見つけてみて」

胸がざわりと、騒いだ。絵が、今の由多には怖い。

自分の絵を描かなくなった凌は、こんな風に由多に絵を教えながら、どんな思いでいただろう。

長いこと女の子は、紫露草をじっと眺めていた。

「木の間から光が射してる、草の色」

まるで大きな音を立てたらその光が逃げてしまうかのように、そっと彼女が緑を指さす。

自分では色を探していなかった由多が、言われて、木漏れ日が馴染《なじ》んでいる緑に初めて気がついた。

女の子が見つけたその色を、画用紙に写させてあげたいと、無意識に思い始める。

「薄い色から、ゆっくり重ねていこうか。世界には、色がないところがないんだよ。だから少しずつ、色を乗せていこうね」

それはいつか、凌に由多が教えられたことだった。

「白いところは?」

「白も、黒も、みんな色だよ。それから、いろんな白と、いろんな黒がある」

問われて由多が、あるがままを答える。

何も、由多は手を出さなかった。

パレットに女の子が絵の具を出すのも、黙って見ていた。水で絵筆を洗うのも、やがて絵の具を水で溶くのも、息を詰めて眺めていた。

自分の時間で、彼女は考えている。

さっきまで俯いて、身を縮めていた女の子が、自分の望む最初の色を画用紙に置くそのときまで、由多は自分が息を止めていたことに、大きく呼吸してから気づいた。

「どうしたの？　おにいちゃん。おかしな顔」

ふと、その大きな息を聞いて女の子が、由多を振り返って笑う。

初めて、彼女は笑顔を見せた。

どうしたの？　先生。おかしな顔。

夏の高台の空き地で、凌に尋ねた言葉がはっきりと耳に返った。

級友にいないものとして扱われて、何もできずにいた由多がやっと朝の色を画用紙に乗せたときに、凌の顔を見て確かに自分が同じことを言ったのを、由多は少しも忘れていない。

きっと、そのときの凌と今の自分は、よく似た顔をしていたのだろう。

どんな思いで凌が、最初の色を置く自分を待ってくれたのか、由多は知った気がした。きっと、間違いではない。今の自分よりもっと強い気持ちが、あのときの凌にはあった。

由多は決して、その凌の顔を忘れない。

注がれたその凌の思いが由多の背を屈ませずに、由多を立ち止まらせずに、歩かせてくれたのだ。

「……おにいちゃんも、そのお花、一緒に描いてもいい？」

長いこと閉じたままだったアルタートケースの留め具に、由多が指を掛ける。

「おにいちゃんも描いてあげて？　萎れちゃう前に」

ゆっくりと色を乗せながら、女の子は乞うてくれた。

「バケツのお水、おにいちゃんも使っていいかな」

「えー？　しょうがないなあ。いいよ」

何故だか酷く嬉しそうに彼女が、由多に頷く。

自分の水彩の用具を出して、すっかり堅くなってしまった絵の具の蓋を、丁寧に由多は開けた。携帯用のパレットに取り出す、青や緑が、懐かしく愛おしい。

スケッチブックを広げて、水で筆を、静かに由多は洗った。

色を溶くと、ずっと死んでいたようだった心が息づいた。

少女の見つけた木漏れ日の射す雑草の色を、そっと、由多も紙の上に置く。

描き始めると、いつでも自分の傍らに絵があったこと、それを丁寧に与えてくれたのが凌だったことが、由多の中でしっかりとした芯《しん》になって揺らがないことがはっきりとわかった。

「本当はいつも、いやなの」

絵に夢中になりそうになった由多に、ふと、女の子が呟く。

「何が？」

ゆっくりと筆を動かしながら、由多は尋ねた。

「学校の行事。ちゃんとしなさいって、いつも言われて、どうしたらいいのかわからなくていやなの。来たくなかった」

小さく、彼女がぼやく。

「でも今日は楽しい。おにいちゃんが絵を教えてくれるから」

そして由多を振り返って、はにかんで笑ってくれた。

「……おにいちゃんも」

君と同じだよ、いつでもどうしたらいいのかわからなかったと、言おうとして由多が笑い返す。

「君に会えて嬉しかったよ。名前を聞いてもいい？」

由多にはいつも、凌がいた。

「僕は由多」

せめてと、由多が女の子に名前を告げる。

「わたしはひかり」

とてもきれいな音で、彼女は名前を教えてくれた。

この女の子にはこの先、まだ、違うと言われる時間がきっと待っている。今このときが、少しでも未来の彼女の力になれることがあったらと、由多は願った。

自分を見つめて、それでもと真っ直ぐに立てる日は、多分少し遠い。

由多もまだ、何もできてはいない。けれどこの間賢人に、教えられた。賢人が由多と、いられなかった訳を。

物事をありのままに見る由多を間違いだと咎めず、人と添えるように気づける日を凌は、待ってくれたのではないだろうか。

ずっと由多は、きれいな薄い布の向こうに世界を見ていた気がした。

その布がなければ、自分はもっと早く、取り返しが付かないくらいに粉々になったように由多は思えた。

たとえば十二歳の教室で、誰も自分を見ない日々に。

たとえば自分を慈しんでくれている両親が、困り果てて自分を見る朝に。

そんなときに差し伸べられた凌の手は、薄布を剝《は》ぐまでに時間をくれて、それは由多には豊かに気持ちを育てられた大切な時間だった。

その手を由多は、当たり前のように愛してしまった。

繋いでくれた手の向こう側に何があるのか、まるで見えないままに。

光の当たるところしか、由多は見ていなかった。その光が作る影もまた、凌に他ならないのに、知らずにいた。

今、由多には恐らくは凌の全身が、はっきりと鮮明に見える。

「……何年生?」

随分と幼く見える女の子に、由多は尋ねた。

「来年はもう、中学生だよ」

六年生とは言わずに、彼女は笑った。

もうすぐ十九歳になる由多にも、充分過ぎるほど、女の子はいとけない。

ましてや凌には、どんなにか自分が子どもに見えただろう。とても応えられはしないものを、凌に求めたことも、今更由多が知る。

けれどこんなにも由多が幼かったから凌は、できる精一杯のものを注いでくれた。

だから由多は、薄布を剝がれるまで、手を引かれて歩くことができた。

離れても与えられたものが、由多の中で息づいている。そうして自分を必死で放した凌が、今も彼が言ったように少しずつ泥沼の中に沈むような日々を過ごしているかと思うと、堪らなくなった。

誰かが俺を愛することがあるなんて、思いもしなかったんだ。

疲れ切った凌の声が、由多の耳を過ぎる。

今度は自分が、その泥土の中にいる凌を助けたい。その力は間違いなく凌に貰ったものだ。

守られたその心は育って、今由多のまなざしは、あるがままの凌を間違いなく求めた。

もう決して縋るのではなく、由多から凌の手を取ろうとして。

凌の全てが見えて、それでもなお。


写生会が終わるまで、由多は女の子と絵を描いた。時々、他愛もない会話をした。

終わる頃教師が女の子を探しに来て、一緒にいた由多は身分証明書を求められた。そこの藝大の学生でと学生証を見せると、良いことではないと由多は叱《しか》られた。

けれどあの女の子にも誰か、彼女を特別に守ってくれる人がいたらいいのにと思いながら、地元駅へ向かう電車に乗った。

最初に見た男の子が、何度も様子を見に来たことを思い出して、地元駅の階段を降りながらくすりと笑う。本当に彼は、永遠に似ていた。

永遠に言ったら、怒るだろうけれど。

駅から住宅地への道を歩きながら、由多は鞄《かばん》の底でいつも眠っている携帯を取り出した。正直、扱い方もちゃんとはわからない。両親に持たされていたが、着信やメールに気づかないこともしょっちゅうだ。

それをよく知っている永遠が、代わりに窓に、飴《あめ》を投げてくれた。

アドレス帳を、苦労して由多は開いた。登録は少ない。その中から永遠の名前を見つけるのは、簡単だった。

「こんな簡単なこと、僕はいやがって……」

発信のマークを、そっと由多が押す。

耳に当ててやはりどうしても得意にはなれないコールを何度か聞いていると、しばらくしてその音が止んだ。

「……永遠？　出てくれると、思わなかった」

もしもしという懐かしい永遠の声を聞いて、往来で由多が立ち止まる。

おまえが電話してくるなんて驚いたから思わず取ったと、永遠は言った。

「今、忙しい？　僕今日、永遠によく似た男の子を見て……」

それで電話してきたのかと、呆《あき》れた永遠の声が以前のように笑ってくれる。

「友達に戻るのは、無理？」

一瞬、自転車が横を通り過ぎて行ったけれど、構わずに由多は訊いた。

長く待っても、永遠から返事は渡されない。

「もしもう会えないなら、永遠に言いたいことがあったんだ。だから電話した」

不意に、夕暮れが訪れた。

「永遠」

機会はもう巡らないかもしれないから、大切に由多が永遠の名前を綴《つづ》る。

「友達でいてくれて、ありがとう」

沈黙に由多は、ずっと耳を寄せていた。

やがて、泣いているような永遠の、ごめんなという声が聞こえて、電話が切れる。

「僕も、ごめん」

もう繋がっていない電話に、由多は小さく呟いた。

夏の夕方の日差しは、強い。今日ずっと木陰にいたのに、由多の腕は焼けて赤く色づいて痛んだ。

家路から南へ、自然と道を逸れる。

随分遠く思えていた凌の絵画教室に、由多は歩いた。

中学生の頃、放課後のこの道を由多は走った。そんなに急がなくても大丈夫だと、息を切らせて教室に辿《たど》り着くと、凌によく笑われた。

アトリエ側の玄関先に、丁度誰か生徒が帰るところなのか、見送るように凌が立っている。

凌の前にいる少女が着ている制服は、由多と同じ中学のものだった。白い襟《えり》に清潔そうな紺のラインが二本、入っている。

「お喋《しゃべ》りして時間、終わっちゃった。あたしの話なんか聞いても、先生つまんないよね」

少し大人びた尖《とが》った声を、少女は聞かせた。

「先生は月謝泥棒だから、好きなだけ話して行ったらいいよ」

やさしい、けれど疲れた凌の声が、由多の耳に届く。

施されたやさしさに、不意に、少女は両手で顔を覆ってしまった。肩の震えに、泣いているのだと離れて見ている由多にもわかる。もちろん理由は、由多にはわからない。

一瞬、凌は右手を浮かせた。

けれどその手が少女の髪を撫でることはなく、元の場所に帰ってしまう。

「あたしが泣いたこと、誰にも言わないで」

「話す相手なんか、いないから大丈夫だよ」

気をつけて帰りなさいと凌から切り出されて、少女は心を残した様子のまま、往来を歩いて行った。

その後ろ姿が消えるのを、凌は見ている。

「あの子の髪を撫でたら、僕みたいなことになるのが心配だった？」

少女の背に気を囚われている凌に、由多は歩み寄った。

「……由多」

「たくさん、慰めてあげて欲しい。彼女にはきっと、必要なことだから。何があったのかわからないけど」

正面から見ることはなかったけれど、落ちていた少女のうなじが、由多の心にも掛かる。

「咎めに来たのか？」

アトリエの入り口の、日除けになっている小手毬《こでまり》の下で、凌は由多に尋ねた。

小手毬の花の季節は、とうに終わってしまっている。

「僕には先生を咎めることなんて、何もない」

遠慮がちに由多は、敷地の中に足を踏み入れた。

「一つもないよ」

もう一度由多が、はっきりと凌に告げる。

「大学のそばに、動物園があるでしょう?」

不意に、笑って言った由多に、凌は張っていた気を少し緩めた。

「……ああ、ずっとあるんだな」

「今日、そこで小学生が写生大会をやっててね。小さな女の子に絵を、教えた。教えたなんて、ほんの少しだけど。先生に言われたまま、女の子に言ったんだ」

本当に小さく見えた、まるで幼い女の子は、由多が凌に出会った歳と一つしか変わらない。

「ごめんね、先生」

小手毬の木の下に立ったまま、由多は凌に謝った。

「困らせて、ごめんね。僕が先生を愛して、先生はすごく困ったよね」

静かに告げた由多に、凌が長く息を吐く。

「……そうだな」

「でも僕は今も、先生を愛してる」

もう終わらせてくれるのかと思い込んだ凌に、由多は、はっきりとそれを伝えた。

「由多」

明らかに凌は、困惑して由多を咎める。

「全部話しただろう。先生のしたこと、先生がどういう人間なのか。ちゃんと教えただろ?

俺が由多を、愛してないことも」

告げられるとやはり、由多の心は僅かに撓《たわ》んだ。

けれど、ほんの僅かだ。もう由多は、凌に育《はぐく》まれた壊れ難い心で今自分が立っていることを、ちゃんと知っている。

「恋愛なんかじゃなかったことは、わかってる。だけど先生は、本当に僕に何もくれてないと思うの？　ただ自分が贖ってただけだと、本当に思ってるの？」

真っ直ぐに立つと、いつの間にか凌に目線が近づいていることに、由多は気づいた。

「僕は今日、先生にもらったものを知らない女の子に渡したよ。少しだけど」

一瞬、由多が自分の右手を握りしめる。

「僕が先生にもらったものは、僕の中でちゃんと息をしてる」

それを開いて、息づくものが見せられたらと、由多は思った。

「立ち止まるといつも、先生が僕の手を引いてくれた。今度は僕が、先生の手を引きたい」

「誰か……他の人の手を、摑んだ。俺はそんなことに少しも値する人間じゃない」

眩《まぶ》しいものを見るように由多を見て、凌の声が微《かす》かに揺らぐ。

由多の目線の位置が変わったことに、凌も気づいたようだった。

「先生はわかってない。僕が先生にもらったもの」

凌の腕の中に凪いでいた子どもの自分と、由多が静かに別れる。

「僕が最初の色をスケッチブックに置くのを、息を詰めて見てた先生は」

もう一人でも歩ける少年の背を、由多は遠くに見送った。

「覚えてる？　こんな夏の、朝」

「ああ、覚えてるよ。だけど」

尋ねた由多のまなざしがもう薄布を纏わないのを知って、凌が惑う。

「あのときの先生が、誰にも愛されるわけがないなんてこと全然ない。ほんの少しだけど、今日僕はあのときの先生を知ったんだ」

今日女の子が描き始めるのを見つめた由多の緊張とは、比べものにならない強い思いを、あのとき確かに凌は持っていた。

どうしたの？　先生。おかしな顔。

子どもの由多は、女の子と同じに、無邪気に笑った。

「僕が先生を、愛する」

真っ直ぐに由多が、凌の目を見つめる。

「先生が留まってる場所から、僕が先生を連れて行く」

ゆっくりと凌が泥沼に沈んでいくのならば、由多は両手で凌を抱いて引き上げようと思った。

決して、その沼に自分も凌も沈まない。

「……何処に」

寄る辺ない声を、凌は聞かせた。

「今日より少しでも、先生が幸せな明日にだよ」

急ぎはせずに、由多が笑う。

「見えてなかったこと、今は見えてる。先生の苦しみも、科だと思うものも、その後悔も」

無意識に指を、由多は凌に伸ばしてしまった。

「全部、僕に抱きしめさせて」

ずっと、光の影で決して由多を傷つけまい触れるまいと震えていた凌が、由多には酷く愛おしい。その愛しさのまま、由多は凌に触れた。

頰に触れた由多の皮膚の熱が、ゆっくりと凌に伝わる。確かな愛を孕《はら》んだ由多の瞳に、凌は一瞬頰の上の手に、手を重ねてしまいそうになった。

「俺が」

独り言のように、凌が呟く。

「ほんの少しでも……由多に見合う人間だったなら」

そうだったなら何とも言えず、凌は中途半端な場所で手を止めたまま、由多を見つめて指を振り払うこともできずにいた。

蜩の声も聞かず長く、凌はただ由多から目を離せずにいる。

「帰りなさい」

ようやく、それが自分の責任であると気づいたかのように、凌は由多の腕を掴んで下ろさせた。

不意に、踵《きびす》を返して、凌がアトリエの中に駆け入ってしまう。それきりもう戻らないかに思えた凌が、剝《む》き出しのキャンバスを持って小手毬の下に出て来た。

それは由多が、凌の手元に残した、初めて凌のもとで描き上げた油絵だった。

「俺との約束も、もう由多にはいらない。大丈夫だ」

その絵を由多に渡そうとする凌は、何か酷く焦って見える。

絵を、由多は受け取った。指切りをしたとき、凌には由多がこれからどんな現実に晒《さら》されるのかわかっていたのだろう。

「そうだね、もう僕にはいらない。約束がいるのは先生だ」

「由多！」

何をそんなに狼狽するのか、凌は叱るように由多を呼んだ。

「俺に二度と近づいては駄目だ」

さっき重ねてしまいそうになった手を、戒めのように凌が、強くきつく握りしめる。

「俺は由多から、絶対に何も受け取らない」

触れてしまいそうになったことを酷く責めている凌の拳に、由多は自分から触れて、ゆっくりとそれを解いてやった。

侵すことを恐れる凌の心と、慈しんでくれた凌の心は、表と裏だ。

日なたも暗い翳《かげ》りも、凌の持つ何もかもを見つめて、由多はそれを愛した。

拒むように指を引かれて、切なく笑う。

「待ってて」

立ち尽くして自分を見ている凌の指に、もう一度触れて叶うならその背を抱きしめたかったけれど、今はまだと、由多は堪えた。

「先生が僕にくれたものを、形にして、見せるから」

もう何も、凌は答えられないでいる。由多を止めることもできず、以前とは違う瞳をただ見ていた。

「必ず、見せる」

約束を由多が、凌の前に置く。

「俺は由多から何も受け取らない」

頑なにまた渡された言葉に小さく笑って見せて、返された絵を抱えて由多は歩き出した。

ひと時だけ自分に触れてしまいそうになった凌の指が全力で留まるのを、由多は確かに見ていた。触れようとした指もそれを留める力も、受け取らないという凌の強ばった声も。

由多は全て、見た。

前期試験は採点の対象にならないものも由多《ゆた》にはいくつかあったが、大学は夏休みに入っていた。

いつもより早く起きて、由多は毎朝高台の、一番早く朝を眺める空き地に行った。

これが朝だと由多は、自分と凌《りょう》だけが知っていればいいと、長いこと惑うことなく思い込んでいた。

けれどきっと、それは誤りだ。

水彩を何枚も描いてから、自宅ではできないことがあるので由多は大学に行った。

夏休み明けの藝祭《げいさい》の準備や個人の制作で教室にいたクラスメイトが、由多を見て明らかに驚く。

「もう辞めたんじゃなかったのか」

問うでもなく誰かが呟《つぶや》くのに、由多は首を振って笑った。

何かもの言いたげに、遠くから松田《まつだ》が自分を見たのもわかった。

抱えてきた材料を作業台に置いて、スペースを必要とするキャンバス張りを由多が始める。

正確に木枠を測って、丁寧に切る。焦らずに釘も、単調な音を立てて打った。

「小鳥井《ことりい》！」

アルタートケースを抱えて入って来た亜紀《あき》が、由多に気づいて覚えずといった様子で名前を呼ぶ。

その声が存外大きくて、由多は笑ってしまった。

「おはよう、亜紀ちゃん」

切り売りしてもらって丸めて持って来た画布を、台の上に広げる。

「おはようじゃないわよ。どうしてるのかと思ったわ。心配してたのよ」

心からに間違いない言葉を、歩み寄って亜紀がくれた。

「何もしてあげてないけど」

「それは僕が、もういいよって言ったからでしょう？」

デッサンの実技試験で、案じてくれた亜紀にそう言ったことを、由多も覚えている。

「心配掛けて、ごめん」

「キャンバス張るの？　手伝おうか？」

「大丈夫だよ。得意だし、好きなんだ」

言いながらも、風景用のP10号キャンバスは、大きすぎるわけではなかったが木枠に画布を仮り張りするには少し手に余った。

「何か描くのね」

安堵《あんど》したように息を吐いた亜紀を、頷《うなず》きながら手を止めて由多が見る。

「亜紀ちゃん、ユトリロ好き？」

今日の亜紀は、いつもの暖色の服ではなかった。けれどそんな寒そうな空の、教会の絵を由多は、展覧会で見たことがある。

画家でもあったユトリロの母親ヴァラドンの絵との、展示だった。展覧会に連れて行ってくれたのは、凌だ。

「どうしてわかったの？　ベタすぎて恥ずかしくて、言えなかったんだけど」

照れて亜紀が、らしくなく慌てて耳を掻《か》く。

「なんで？　僕も好きだよ。やさしい色が好きだ」

穏やかに笑んで、由多はいつも思っていたのに、初めて亜紀とユトリロの話をしていることに気づいた。

「亜紀ちゃんの着てる服見ると、連想してた。似合ってる」

思ったことをそのまま口に出すのは無意識にしてきたことなのに、肝心なことを思うだけに留めて言わずにいた気がした。

「嬉《うれ》しい」

本当に嬉しそうに、亜紀が破顔する。

「あたしも制作、しよっと」

伸びをしてイーゼルを立てた亜紀に、由多も止めていた手を動かした。

言わなくても凌は、知っていた。凌の与える手に、与える言葉に、由多が満ちていること。

いつも傍《かたわ》らにいる由多が、凌を大好きだということ。

そんな風に、伝えたい思いは黙っていても伝わるものと、由多は思い込んでいた。

手を放す日を、凌が選んでいたことも知らずに。

自宅で作って来た膠液《にかわ》を、丁寧に画布に塗《ぬ》る。

「ごめん、匂い気になるよね」

誰にともなく、由多は呟《つぶや》いた。

刷毛《はけ》で画布にそれを塗りながら、火を使う膠液作りをさせてくれなかった凌を、思い出す。

もう上手に、危ない思いをすることもなく由多は膠液を作れた。少しずつ丁寧に、凌が教えてくれたので。

そのことを凌に、教えたいと思いながら由多は、それでも今は焦ることなく刷毛を引いた。


晴れた日が続いて、由多は夜明けを待ちきれずに高台に行った。

何枚も水彩を描きながら、朝を確かめる。

時々、いつかのように凌が現れないだろうかと少し期待したけれど、待っていてと言ったのは自分だと、その度思い出した。

　受け取らないという凌の前に無理矢理置いてきた約束を、必ず由多は守るつもりでいる。そのとき凌がどう応えてくれるのかはまだわからなかったけれど、それでももう心は揺れなかった。


「青……こんなに種類があると、迷うな」

　白い油絵の具の下地も乾いた10号キャンバスに、大学の教室で由多は水彩画の中からこれと決めた構図を、描いていた。

　もう残暑の風が、開け放した教室の窓から入り込む。

　本当は最初に凌の肖像画を描くつもりだった、引き出しの奥から出して来たホルベインの二十四色を、由多は大切にパレットに色を出した。

　胸にその二十四色を強く抱いた三月から、もう何年も経ったような気がしてならない。

　あのときも間違いなく自分は凌を愛していたと、由多は思う。何も見えていなかったわけではない。ただ見えていないことが、いくつもあった。

　凌のことも、自分のことも。

「結局、新人展出すのか」

　8号キャンバスを黒く塗りつぶして以来、一度も由多に声を掛けなかった松田が、不意に真横に立った。

「うん。間に合わせるよ」

青を乗せる手を止めて、由多が松田を振り返る。

教室にいる幾人かが、緊張するのが由多にもわかった。こんな空気を、感じないほどに由多は以前は、弾かれることに慣れてしまっていた。

絵を覗《のぞ》いて、何も言わない松田を、由多は待った。

けれど待っても松田は何も言葉を持たないようにも見えて、由多から口を開く。

「……松田くん、僕は君の味方ではないかもしれないけど」

もしかしたら松田は、悪意をあのときに使い果たしてしまったのかもしれない。

「君の敵でもないんだ。わかってもらえたら、嬉しいんだけど」

そっと、由多はそれを松田に告げた。

「いつかは、きついこと言ってごめん」

いつだったか亜紀に止められた言葉を、由多が謝る。

あのとき由多は、思ったままを言ったつもりだった。ただそれが松田にどう届いてどう響くのか、なんの覚悟もなしに声にした。だから由多は、そのことを謝った。

これからも由多は、本当を見たら、それを声にするかもしれない。

けれど以前のようにその言葉がどんな風に人に届くのか、わからないで言いたくはなかった。

「おまえのキャンバス潰《つぶ》したこと……怒ってないのか？」

松田は松田で、喉《のど》に蟠《わだかま》らせている言葉があるようだった。

「もちろん怒ってるよ」

今でも平筆が黒く画布を塗る音を、思い出して由多は立ち止まることがある。

いつからか目を背けていた他者から投げられるものを、ちゃんと見ろと、言われているようにあの平筆の音は聞こえた。

「……やり過ぎたよ。悪かった」

ようよう、松田が声を絞り出す。

小さく笑って、由多はただ首を振った。

行ってしまうかに見えた松田が、ふと、真っ直ぐに由多のキャンバスを見る。

「これ、真昼じゃないんだな」

今初めて気づいたというように、松田は呟いた。

「うん」

前に松田が水彩画を見て「真昼の空」と言ったとき、伝わらないのならそれは仕方のないことだと由多は気に掛けなかった。

「わかってくれて、ありがとう」

大事なことなのに、どうしてそんな風に思えたのだろうと、今はそのときの自分に惑う。

自分を認めてくれる湊以外を、由多は長いこと蔑《ないがし》ろにしていた。

凌に育《はぐく》まれた自分を、誰かに理解してもらおうとも思わなかったことを、今更悔やむ。時は無限ではないからやり直せはしないけれど、それでも今日とは違う明日へ行こうと、由多は筆を握り直した。

それは決して、自分一人の明日ではない。

今まで使わずに残していた色を、由多は細い丸筆の先に少しだけ取った。

何か足りないような気がして、イーゼルの上のキャンバスに青をもう一筆だけ乗せて、絵が仕上がったことに気づく。

八月の終わる高台の晴れた空き地で、脱力して由多は、朝が終わるのを見ていた。朝だと感じる時間は、そう長くはない。

ふと、傍らに凌に抱かれて泣いている十二歳の自分が、まだ見えるような気がした。闇雲にしがみついて、涙が乾き切るまで凌の腕の中にいた。もう別れたつもりでいたのに、不意にあの日が、恋しくなる。

それでも何も知らずにいれば幸せだったとは、欠片《かけら》も思わない。

描き終えるまでどれだけ集中していたのか体中の力が抜けたままで、疲れて由多は、イーゼルの前の折りたたみ椅子《いす》に昼過ぎまで座っていた。

そんなに時が経っても、油絵の具は、簡単には乾かない。

大きく息を吐いて、立ち上がって由多は伸びをした。

ここに運ぶのにそうしたように、由多は同じサイズの白いキャンバスを大きな黒いバッグから取り出した。四つのキャンバスクリップを使って、描き終えたばかりの絵と白いキャンバスを向かい合わせにする。そうすると汚さずに、乾かない絵を運ぶことができた。それも凌から教わったことだ。

一旦家に帰って、絵の具やイーゼル、椅子を置く。

何か食べて行きなさいという母親の声に、「ごめん、後で」と謝って、由多は絵と、持ち歩く癖のあるスケッチブックの入ったバッグだけを持って駅に歩いた。

都心とは反対に向かう路線に乗って、久しぶりに思える駅で降りる。

その駅からが遠かったけれど、急がずに、由多は歩いた。

もう恐ろしくて近づけないような気がしていた、白いコンクリートのアトリエを見上げる。

臆さずにインターフォンを、由多は押した。

声を聞かせると中から、らしくない怪訝《けげん》な顔をした明彦《あきひこ》が姿を現す。

「こんにちは。すみません、突然」

挨拶《あいさつ》をした由多を、明彦は知らない者を見るように眺めた。

「もう、来ないかと思ったよ」

少し困った顔をして、明彦は笑わない。

「モデル、途中でやめてごめんなさい」

「……いいよ。なんか急に大人っぽくなっちゃって、前の絵の続き描く気がしない。モデルしに来たの？」

入ってと、明彦はようやく由多をアトリエに上げた。

空調の効いた明るいアトリエに、明彦の後について由多が足を踏み入れる。その空間は、以前と何も変わらない。けれどあちこちに置かれた明彦の絵も、きれいなモデル台もイーゼルも、前よりはっきりと由多には見えた。

最後にこの部屋で呆然《ぼうぜん》と座っていたときは、由多には水底に沈んだように全てがぼやけて見えていた。

「どうしたの？　今日は」

「新人展、まだ間に合いますか？」

尋ねられて明彦がようやく、モデル台の近くに立っている由多が、大きなサイズのキャンバスバッグを持っていることに気づく。

「描いてたの？　前期試験めちゃくちゃで、退学するんじゃないかって学科主任が心配してたけど」

訝《いぶか》しげに、明彦は由多の手元を見た。

「退学はしません。新人展に、まだ間に合いますか？」

「期日まではまだあるけど、見ないことには推薦のしようがないな」

肩を竦《すく》めた明彦に、小さく頷いて由多がキャンバスバッグを開ける。表を重ね合わせたキャンバスを留めているクリップを外して、白いキャンバスを外した。まだ強く、凌に貰《もら》ったホルベインの匂いが香る。

今朝仕上がった10号を、由多は明彦の方に見せた。

何も言わず、明彦は随分長いこと、由多の絵を見ていた。言葉を探すようにでもなく、ただ由多を待たせる。

「アイボリーブラック、使ったの？」

ようよう明彦は、それだけを訊《き》いた。

「はい」

「前に見せてもらった絵は、使ってなかったよね。夢の中みたいで、きれいだったけど」

ゆっくりと、明彦が由多の絵に近づく。

「でも、何処《どこ》を見ても黒もないわけじゃないと思って。少しだけ、使いました」

屈《かが》んで明彦は、少し目を細めて眼鏡《めがね》越しに絵を見ていた。

「使わない作家は多いんだよ。濁るし、暗くなるから」

繰り言のように言って、明彦が苦笑する。

「でも、何も濁ってないね」

膝《ひざ》を押さえて、明彦は一瞬だけ、頭を垂れた。顔を上げて由多を見た明彦は、いつものように笑わない。

「心は見えない」

不意に、明彦は見せたことのない真摯《しんし》な目をして、由多を見つめた。

「たかが父親が仕組んだ不正入試に対価を払う桐生《きりゅう》なんかより、桐生をゆっくりと嬲《なぶ》り殺した僕の方が余程汚い人間だろう。けれど僕はこうして順調に成功者となり、見る者もいない桐生は死んだも同然だ」

虚勢とは違う、何処か自嘲《じちょう》的な声で、明彦が笑う。

「心なんか目には見えないから、そんなものはどうでもいいと思ってたよ」

そのまま由多の目を見ていられずに、明彦は瞼《まぶた》を伏せた。

「だけど僕には僕がどんな人間なのか、よくわかってる。そういう人間と四六時中一緒にいるのは、多少は参る」

独り言のような明彦の声が、いつになく小さい。

「君をそばに置きたい」

乞うように、明彦は由多を見た。

「今度こそ、ちゃんと育てる」

大きな手を明彦が、由多の頬《ほお》に伸ばす。

その手が頬に触れる前に、由多は右手で明彦の指を制した。

「僕はもう、他の誰かに育てられる必要はありません」

言葉を荒立てることなく静かに、けれどはっきりと由多は明彦に伝えた。

「この絵は僕が、先生に与えられた全部です。僕はそれを今まで誰かに、教えようともしなかった。もらったものを、一人でしまい込んで。誰かが僕や僕の絵をおかしいと言っても、なんとも思わずにいました」

誹《そし》られることも、笑われることもたくさん、由多にはあった。

「でも僕は僕に与えられたものを、たくさんの人にきれいだとわかってもらいたい」

自分と、そして凌がわかってくれていればいいと閉じて生きてきたけれど、誰とも向き合わない弱さのままではいられない。

「与えられたものは僕の力で、与えてくれた先生はちゃんと息をしてるから」

本当の強さを、由多は纏《まと》った。強くならなければ凌を、救えない。

「僕の先生は、あなたに殺されてしまってなんかいません。その証拠に、僕がいる」

正面から、由多は明彦を見た。

絵を見たときのように、明彦は何も言わない。やがて彼は、由多から目を逸《そ》らした。

「……手続きをしておくから、自分で搬入をしなさい」

疲れたように、明彦が窓辺を向く。

「だけど僕には、桐生がまだ息をしているとは思えないよ」

クリップをはめて、由多はまた白いキャンバスと絵を、合わせた。

早く会いたい人がいる。

「由多」

丁寧にキャンバスバッグの中に絵をしまい込んで、行こうとした由多の肩を、不意に強く明彦が摑《つか》んだ。

「桐生に育てられたと思い込むのはいい。ただここから先は、由多一人で行きなさい」

否応なく瞳が出会って、言い聞かせる明彦を由多が見返す。

「桐生は由多には、大き過ぎる枷《かせ》だ」

「いいえ」

声を重ねた明彦に、由多は違うと告げた。

「先生はずっと、僕の光でした」

夏の間切らずにいた由多のやわらかい髪が、頬に降りる。

「でもこれからは、僕が先生の光になりたい」

糸のような髪の合間から、由多は明彦を見た。

どんなまなざしをそのとき明彦に見せてしまったのか、由多自身にはわからないまま、歩き出す。

「待ちなさい」

力のない明彦の声が、それでも由多を引き留めた。

「由多は桐生の、何になるつもりなんだ?」

背に注がれる問いに含まれる戦慄《せんりつ》にまでは、由多は気づけない。

「それは、今言いました」

もう決して振り返ることなく、由多は明彦のアトリエを後にした。


夕立の気配がして、地元駅から住宅地への道を、キャンバスバッグを抱え込むようにして由多は急いだ。

雨は来るのに、凌に与えられた長い柄の黒い傘は、家にある。

けれど由多は、もう暗くなり始めた路地を自宅とは違う方向に、駆けた。

アスファルトから、夏の終わる埃《ほこり》の匂いがする。

角を曲がるとアトリエ側の玄関に向かって、美以《みい》が歩いているのが見えた。丁度教室が終わった様子のアトリエを眺めて、小手毬《こでまり》の木の下に立ってインターフォンを鳴らしている。

「母屋に、回ってくれないか」

鳴らしたのを美以だと知って、ほんの少し凌がドアを開けた。

言葉が喉《のど》から出ていってしまう前に、由多は小手毬の下に駆けて、美以の腕を摑んだ。

「……あなた」

白くて細い手を摑んでいる由多を、驚いて美以が振り返る。

今まで由多が思っていたより、彼女はずっと小柄だ。

「由多」

閉めようとしたドアの向こうで、凌も由多に気づく。

酷《ひど》く構えたように、凌は由多を見た。由多にではなく、由多と会ってしまうことを恐れて凌が目を逸らす。

「もう、先生から何も持って行かないでください」

そんな凌が今はただ切なかったけれど言葉にはせず、周囲に響かないように、それでもはっきりと声にして、由多は美以に懇願した。

「あたしはただ、あなたの先生と寝に来ただけよ。帰りなさい。本当はここは、あなたみたいな子が近づいていいところじゃないのよ」

歌うように、美以が言い聞かせようとする。

最初にその赤い唇を見たとき、由多は魔女のように怖いと感じた。

「僕の先生と、寝ないでください。これ以上何一つ先生から奪わないで」

何故そんな風に思ったのだろうと、自分を遠ざけようとした美以の本心を今は少し知る思いがする。

「由多、家に帰りなさい。もう来ては駄目だ」

アトリエの玄関灯を、由多を帰すように凌は消した。追い返そうとする声が、いつにも増して強く由多を拒む。近づけば凌が必死で保っている何かが、今にも崩れ落ちてしまうかのように。

息を吐いて、由多はほんの少しだけ凌を見た。

「お願いします、美以さん。もうここには来ないでください」

そしてアトリエから漏《も》れる灯りで、由多が美以の瞳を見つめる。

「どうして、あなたがそんなことを言うの？　あたしたちはもう十年も、こんな暗がりで会い続けてきたのよ？」

「これからは僕が、先生を守ります。あなたからも、明彦先生からも、世界の全部から僕が先生を守る」

「何故？」

子どもの言葉を聞くように、美以は笑った。

「僕が、先生を愛しているから」

真摯に教えた由多に、不意に、美以の目が疲れる。

「全部……聞いたんでしょう？　あなたの愛情に足るような人じゃないわよ、この人」

「……美以の言う通りだよ」

無情な美以の言葉に、凌は抗《あらが》ってくれなかった。むしろ美以の言葉を借りて、どうしても由多を遠ざけようとしている。

「僕は美以さんの知らない先生を知ってます」

けれど凌の助けを、由多はもう求めてはいなかった。助けるのは、由多なのだから。

「あなたにも教えられたらいいのに」

揺らがない由多の芯《しん》が、自分の知る凌を美以さえもわかってくれることを望む。

「それに、美以さんも傷ついてる。こんなこと本当はしたくなかったんでしょう？」

それは明彦から聞いたことからだけではなく、ふと美以が自分に見せた慈悲のようなものからも由多は感じていた。

「こんな子どもに憐《あわ》れまれて。本当に嫌になるわね、凌にも」

夜目にも赤い唇で、美以が笑うのをやめる。

「あたしにも」

溜息《ためいき》のように、美以は言葉を夜風に流した。

「初めて会ったとき、あなたも子どもだった。凌」

ふと、美以が逆光で見えない凌の瞳を、探す。

「一人きりで人物のデッサンができることを、ただ喜んでた。あなたに描かれて、あたしはすり減るかと思って笑ったわ」

探しても見つからないはずで、美以が見た少年の瞳は遥か彼方に遠い。

「新入生の中に暗い目をしたあなたを見つけて、あたしも自分のしたことを思い知った」

過去を語る美以の声を、凌は黙って聞いていた。

「時々、考えるの。こんな風に……あたしたちを変えてしまうようなことだったかしら」

風に消えてしまいそうな言葉の心許なさに、由多にはもう言えることがない。

「でも、まだ若かったあたしたちから希望を奪うには充分だった気もする。あなたはただの少年で、あたしはただの少女だった」

呟きながら美以は、ぼんやりと自分の足下を見た。

「もう、戻れないけど」

顔を上げて、泣いているように美以が笑う。

「あなたが全部知ってしまったから、もう、あたしは凌を強請《ゆす》ることはできないわね」

二度とここには来ないと、言い残した美以の声が掠《かす》れた。

去って行く美以は美以で、きっともう、過去の自分と寄り添い続けることに疲れ切ってしまっている。

薄闇に美以が消えていくのを見ていると、遅れて来た夕立が、アスファルトに落ちた。

「もう一本、傘をやったらいいのか？」

大粒の雨が落ちても、凌は由多を帰そうとする。

「僕は先生に渡した約束を、持って来た」

「約束なんて何もしてない」

どうしても何も受け取るまいとする、凌の声が怖がっていた。

けれどこの間自分の指に触れてしまいそうになった凌の葛藤《かっとう》を、由多は少しも忘れていない。

「先生のくれたもの、形にして見せるって言ったでしょう？　僕」

知らないと言おうとした凌の腕を、由多は取った。

「今度は僕が、先生を連れて行くって」

もう子どもの気配のしない由多のまなざしを、凌は真っ直ぐに見られない。

「中に入れて」

乞うた由多の肩が、木の葉越しに降りた雨に濡《ぬ》れた。

キャンバスバッグを庇《かば》うように抱いた由多に、凌がドアを摑んでいた手を放してしまう。

「雨が止んだら、帰りなさい」

灯りの点《つ》いているアトリエは、教室が終わって凌の手できれいに片付けられた後だった。雨の大きく滲《にじ》む窓にはカーテンが引かれて、子どもたちが描いたのだろう静物に白い布が掛けられている。イーゼルも椅子も、畳んで端に置かれていた。

「雨が止んでも」

強くなる雨はきっとひと時のものだろうけれど、立ち去った美以のことが少し由多の胸に掛かる。

「僕が先生を愛することを、やめられるわけじゃないよ」

酷く濡れなければいいと願った由多に不意に、凌が布の下の静物が置いてある古い机の引き出しを引いた。

「これは俺が、美以から買い続けてただの一度も観に行かなかった芝居のチケットだ」

尋常ではない量のチケットを、無造作に摑んで凌が床にぶちまける。

「いつでも、誰でも……由多も見られるように、ここに入れて置いた。これが俺だよ」

一度では足りず二度、凌はチケットを床に投げつけた。

何かの模様のように床に広がるその数は、僅《わず》かになら由多を怯《ひる》ませることができる。

「美以の言葉を聞かなかったのか⁉　俺の何処が由多に似合う？　由多の未来に、由多の愛に俺の何が足るって言うんだ‼」

どうしても、凌は由多から何も貰うまいとした。決して値しない自分を赦すまいとして、悲鳴のように叫んだ。

この間頬を抱いた由多の手を、抱いてしまいそうになった自分を凌は恐れ断じている。

けれど由多は、一歩も動かなかった。

大切な人がそんな風に叫ぶのを初めて聞いて、何処にも逃げる気持ちは起きない。

イーゼルを一つ、由多は取った。手によく馴染《なじ》むイーゼルだ。初めて触ったときは、大人の持ち物のように思えた。もっと丈が高く感じられたし、無邪気にただはしゃいだ。

少しも濡れずに済んだキャンバスバッグの中から、それを取り出す。クリップを外して向かい合わせの白いキャンバスを取って、まだ乾かない絵を静かに、由多はイーゼルに置いた。

「見て」

散乱する古いチケットの中に立っている凌に、由多が乞う。

言われずとも凌は、息を詰めて由多が置いたキャンバスを見ていた。

「これが、先生が僕にくれた朝」

夏の間毎朝通って、高台から見た景色が鮮やかにそこに広がる。

十二歳の夏、由多は凌からその空をもらった。夏の朝の空は、真昼よりずっと青い。由多の胸に住む青は、いつでも濃く澄んで由多を助けてきた。

「ここにいる僕が、先生のくれた未来」

笑われるとは、由多は思わなかった。

他に、思いに見合う言葉は見つからない。

雨が窓を強く打つ音が、響いた。時が流れるのを忘れたかのように、凌は何も言わず明け方の空を見ていた。

「こんなに……きれいだったか？」

呆然と、ようやく凌が呟く。

「きれいだよ。また、見に行こう？　僕が手を繋《つな》ぐから」

無為に由多は、凌に手を伸ばした。

自分に向けられた指を、酷く痛ましいもののように凌が見つめている。

「もう、どんな愛でも、誰のことも由多は選べる。誰を愛してもいいんだよ」

言い聞かせるように、凌は由多に告げた。

「由多はちゃんと、大人になった」

目の前の由多がもうとうに十二歳の少年ではないことに、凌は気づいている。

「それなら僕は、先生を選ぶ。先生を愛する」

自分から一歩、由多は凌に歩み寄った。

「先生を、助ける」

凌の腰が引き出しを開けた机に、寄っている。

「それは……愛じゃないよ」

首を振った言葉ほどに、凌ももうわかっていないわけではなかった。

「先生は愛を見たことがあるの？」

なんて不思議なことを言うのだろうと、由多が凌に笑う。まだわからないのだろうか、まだ見えないのかと、凌を見つめる。

いや、約束を渡したときに凌も本当は見たはずだ。心が動いて、だから凌はあり得なかった禁忌《きんき》を自分が犯そうとしたことに気づいて、何も受け取らないと言い張った。

頑《かたく》なな決めごとは確かに愛しい人の持ち物だったけれど、それを由多はもう解きかけている。

「僕はあるよ」

机の端を頑なに摑んでいる凌の右手を、由多はそっと取った。

「今、ここにある」

吐息が掛かるほど近くで由多が、鼓動の上を凌に触らせる。

「先生。よく見て」

心臓の音を感じている凌の手を抱いて、由多は自分の頰を寄せた。もう動かないものを教えたくて、深く肌を寄せる。

「僕が持ってる、先生を愛する気持ち」

誰かが自分を愛することなど思いもしなかったと言った、暗がりを歩いていた凌に射す光に、由多はなりたかった。それが由多の願いで、それが由多の思いだ。

僅かにその光は、凌に届き始めている。光が射して初めて凌は、どんな闇に自分が棲《す》むのかを思い知っていた。

「由多」

まなざしを覗く凌の唇が、由多の名前を綴《つづ》る。

「逃げなさい」

まだどうしても残る教師の声で、戦慄《わなな》いて凌は言いつけた。

「お願いだから」

由多の頬に抱かれた凌の指に、否応なく力が籠《こ》もる。

「逃げてくれ」

どんなに乞われても由多は、その凌の願いを聞き入れるつもりはなかった。

「縋《すが》って、しまうから」

「言ったでしょう?」

吐息の近くに、由多が顔を寄せる。

「これからは僕が、先生を守るって。だから、先生は僕に縋っていいんだよ」

囁《ささや》いた由多の額に、引かれるように凌の額が重なった。

「もうこれ以上、少しも由多を傷つけたくないのに」

強情に机に置かれていた凌の左手が、由多の髪を抱いてしまう。

「先生でももう、僕を傷つけることはできないよ」

やさしく、由多はそれを凌に教えた。

黒くて暗い凌の瞳が、長く由多の瞳の前で揺れる。

自分から由多は、もっと凌に近づいた。

この間小手毬の下で、頰の上にあった由多の指に触れようとしてそうしなかった凌の手は、本当はもう由多を求め始めていた。

由多から凌に、くちづけてもいい。

けれど望むものに凌が自ずから触れてくれるのを、由多は待とうと思った。

長く、凌は肌の温度を乞うたままでいる。

やがて、酷く躊躇《ためら》ってから、凌の唇が由多の唇に触れた。まるで初めて誰かに触れるように、深く凌は、由多の唇を求めた。

「ん……っ」

喉《のど》が反って、由多の声が掠《かす》れて零《こぼ》れる。

抱き合ううちに由多の手が静物に掛かっていた白い布を、摑んで引いた。いくつかの静物が、落ちる音が聞こえる。

床にばらまかれたチケットの上に広がったその布の上に、二人は横たわった。

「……っ……」

くちづけは長く止まず、互いの体温が確かに上がるのを由多が感じる。

求め合うのは、これが初めてだ。これが最初のキスだと、由多は思った。何一つ怖くない。

もう、祈りのようにキスの数を数えたり、由多はしない。

口づけが由多の、喉元に移った。

「……先生」

少し乱れた凌のシャツの端を、由多が捉《とら》える。

「服を脱いで、抱き合いたい」

願いを口にして、由多は自分のシャツのボタンに指を掛けた。

戸惑う目をする凌に、由多がゆっくりとシャツを脱いでしまう。動かない凌の、いつでもきちんとしているシャツにも、由多は指を掛けた。

上からボタンを二つ、ぎこちなく由多が外す。

「僕は先生の全部になる。先生の持たないもの全部に、僕はなるよ」

教え子にも、教師にも、友人にも、恋人にもとそう告げると、残りのボタンを凌は自分で解いた。

抱かれて、肌を吸われて、由多が瞳を濡らす。

そのさまを時々、確かめるように凌は見た。本当にこれでいいのかと、己に問うように。

その度に由多は、凌の肌にキスをした。

キスを繰り返し何もかもを脱ぎ捨てて、肌を求めるように抱き合ったら、凌を欲しがる欲望に火が灯って由多がそれを恥じる。

「……怖いんじゃないのか、由多」

俯《うつむ》いた由多の耳元に、凌が聞いた。

「僕よりずっと、先生の方が怖い」

なのにごめんねと、吐息の合間に由多が答える。

長い指で凌は、息づいている由多に触れた。

「……っ……」

ゆっくりと撫《な》でられて、同じことができたらと願う。けれど、上がるだけの熱に由多は、点いたままの灯りの下で唇を嚙《か》み締めるのが精一杯だった。

「……ん……っ」

灯りを消して欲しいとは、由多は乞わない。もし凌が自分を求めてくれるなら、その瞳を見ていたかった。

「あ……っ」

耳元を唇で撫でられて、簡単に由多の息が途切れる。頭に血が上るようになって、もう堪《こら》えるのは無理だった。

「んあ……っ」

告げることができずに、悲鳴を漏らして由多が凌の指を濡らす。

「ごめん……なさい……」

汗ばんだ胸を上下させながら、ようよう、由多は凌に謝った。

「だけど、もっと」

恥じらうことを、もう由多はしない。

「先生……もし先生が欲しいと思ってくれるなら」

ただ、上手く言葉を綴ることは難しかった。

「もっと、僕に先生を……僕を先生の全部にして」

お願いと乞うた由多の瞳が、酷く濡れた。

その唇を不意に、肌を侵すより深く凌が貪《むさぼ》る。

濡れた指で凌は、由多の足の付け根を撫でた。

ゆっくりと凌の指が肌の内側を探るのに、由多がただその背にしがみつく。抱き合う先にある熱の何を知るわけでもないのに、由多はひたすらに凌を求めた。

くちづけながら凌が、由多の肉を繰り返し掻《か》く。

探り合うように互いを抱いて、もっと抱き合うすべを肌は強く欲していた。

「あぁっ」

初めて知る恋人を求める場所を深く押されて、由多の声がどうしようもなく漏れる。

虚ろになりながらそれでも指を伸ばして、由多はいざなうように凌に触れた。硬く濡れたそ

れに怖ず怖ずと触って、自分が凌を望んでいることを教える。

「……っ……」

指を引いて、凌はもう一度由多にくちづけた。

濡れた先で由多の足の間に触れて、けれど凌は不意に、それ以上動くのをやめてしまう。

くちづけも解かれて由多は、凌が躊躇って自分を見ていることに気づいた。

「抱かなくても……僕はもう先生のものだよ」

上がる息の合間に、由多が凌に告げる。

「だから僕にも、先生を」

くださいとしがみついて耳元に囁くと、凌は由多を深く抱いた。

「あぁ……っ」

誰よりも愛しい人の肉が身の内にあるのに、由多が戦慄く。

「……由多」

髪を撫でて涙にくちづけて、堪えられないように凌は由多を呼んだ。

名前を呼ばれて抱かれていることが嬉しくて、由多はそれを凌に伝えたかったけれど、唇からは絶え間なく喘《あえ》ぎが零れて言葉にならない。

「由多」

求めるものを知るかのように、凌は何度も、由多の名前を呼んだ。

やがて縋り付くように強く深く、凌が由多を抱く。

先生と呼んだら凌がようやく手にした安寧《あんねい》を逃がしてしまう気がして、ただ思いのままに由多はその背を抱きしめた。


点けたままの灯りより、ずっと明るい雨上がりの朝日が薄いカーテン越しに届いて、由多は涙の乾いた目をようよう開けた。

白い布に包まれて、凌と抱き合っている。

布の下には古いチケットが、撒《ま》かれたままだ。

深い眠りの中にいる凌の髪を、由多が撫でる。出会ったとき凌はただの少年だったと言った美以の言葉が耳に返って、起こさないようにそっと由多はその瞼にくちづけた。

机の上にあった静物も、床に転がっている。

その中から自分の下着とデニムを見つけて、それだけ由多は身につけた。動くと軋《きし》むように、体が痛む。その痛みも全て、由多が望んだものだ。

キャンバスバッグに入れてあったスケッチブックと木炭を、引き寄せて取る。

ずっと捉えられなかった凌の顔が、今ならはっきりと見えた。朝日の当たる瞼も、光に作られた前髪の影も。

一度もちゃんと描けなかった凌の顔を、急がずに由多が白い紙の上に写し出す。

静かな凌の寝顔は、ほんの少しだけれど、いつもより幸いに見えた。

「……木炭の紙の上を走る音を聞いてるのは、好きだった」

いつの間にか眠りから解かれていた凌が、横たわったままぼんやりと呟く。

「おはよう」

手を止めて、由多は笑った。

何も変わらず、穏やかなままの由多の瞳を、凌が見上げる。

「こんな床の上で、俺みたいな男に抱かれて」

それで良かったのかと問おうとして凌の方が、深すぎる後悔をしていることはすぐに由多に知れた。

「僕は好きな人と寝ただけ」

悔いを教えられるのは切なくて、凌が何を綴るより先に由多が笑う。

「愛してる人と抱き合って、幸せだった」

とてもと、由多は言葉を添えた。

黙り込んで凌が、ズボンを探して身につける。皺《しわ》だらけになったシャツを羽織ってから、由多のシャツを拾って、凌は大きく息を吐いた。

ただ己を咎《とが》めている凌の髪に、由多が触れる。

唇で由多は、凌の唇に触った。そのまま凌の肩に、頬を寄せる。胸の内の愛しさを、そうしていつかもっと凌が受け取ってくれるのを由多は願った。

不意に、アトリエのインターフォンが鳴った。

まだ朝は早いのに、その音は繰り返されて段々と速くなる。

「先生、昨日、鍵《かぎ》」

掛けたかと由多が問おうとしたとき、躊躇いがちにアトリエの玄関が開く音が聞こえた。

玄関先には、由多の靴が揃《そろ》えて脱いである。

その靴を覚えているのだろう男が、玄関に上がり、アトリエのドアを二度叩《たた》いた。

「美以から、もう僕にもおまえにも関わらないと電話があったよ。ここで由多にあったと言っていた。……桐生、もしかして由多がいるのか」

ドアの向こうの声は、明彦のものだった。

「入らないで」

覚えず漏れた由多の言葉を聞いて、明彦がドアを開ける。

床に撒かれたチケットに、そぐわないイーゼルの上の由多の絵と、硬い床に敷かれた白い布。

身を寄せ合うようにする半裸の由多と凌の間に昨日何があったのかは、誰が語らなくても一目でわかることだった。

「呆《あき》れたやつだな！　こんな子どもと寝たのか。自分が何をしたのかわかってるのか、桐生‼」

初めて見せるあからさまな憤りで、明彦が凌に歩み寄って羽織っていたシャツの襟元《えり》を両手で摑み上げる。

「僕が……っ」

声を上げて由多は、されるままになっている凌を殴ろうとする、明彦の腕を止めた。

「僕が望んだことです」

信じがたいものを見るように自分に目を向けた明彦に、真っ直ぐに由多が告げる。

「君は何もわかっていない子どもだ！　自分がどれだけ傷つくのかわかってるのか。体だけじゃない、君は心も裸で歩いているのと一緒だよ。桐生といてどうなる？　一緒に死んだような時を送るつもりなのか⁉」

もう由多が大人の目をしていることはわかっていて、それでも明彦は強く二人を断罪した。

「全部、忘れなさい。君のことは、今から僕が守る。僕とおいで」

大きな掌《てのひら》で、由多の頰を明彦が抱く。

その手は由多を守ると言いながら、自分もまた由多の魂に縋ろうとしているような手でもあった。

「由多」

床に腰をついたまま、凌が由多を呼ぶ。

「三宗《みつむね》と、行った方がいい」

眩《まぶ》しそうに凌は、由多を見上げた。

「俺にはもう、由多を守れない」

与えられた言葉は切なかったけれど、それでも由多は無理にではなく笑った。

「僕は、傷ついたりしない」

凌と、明彦の両方に、由多が教える。

「僕の心は、先生のくれたものでできてるから」

やわらかなようで決して撓《たわ》むことのない、もうとうに迷わない胸の中を、開いて見せられたらいいのにと由多は思った。

「大丈夫です。壊れたりなんかしません」

静かに凌に寄り添って、由多が明彦に惑わずに告げる。

「君は今気持ちが高ぶって、痛みも感じられなくなっているだけだ」

このままにするつもりはないと言外に言い置いて、明彦はイーゼルの上の由多の朝を見た。

「いずれたくさんの人が、君を見るようになる。そのとき由多が同じことを言えるとは、僕には思えないよ」

憐れむように告げて、明彦が踵《きびす》を返す。もう由多も凌も見ずに、彼はアトリエを出て行った。

玄関の閉まる音が、ドアの外と中を断絶するように大きく響く。

「あいつの言う通り、気づいていないだけで」

罪科の中に自分を置いたままの凌は、明彦に残された言葉を反芻《はんすう》していた。

「本当は辛《つら》かったんじゃないのか？　体も、心も」

尋ねられて、「何も」と、由多が首を振る。

「好きな人と寝たのは、僕だけ？」

ほんの少しだけ寂しさを伝えて、由多はいつの間にか落としてしまったスケッチブックを拾って、凌の肩に肩を寄せた。

「先生は少しも、幸せじゃなかった？」

問い掛けて由多が、凌が目覚める前に描いていた絵を見せる。

穏やかに眠る自分の顔を、凌は目を瞠《みは》って見ていた。

「俺はこんな顔をしないよ」

「どんな顔？」

「安心しきったような」

ようやく、長い息を凌が聞かせる。

「まるで誰かに、愛されてるような」

呟く声が痩《や》せて、泣いているように掠れた。

「巧くは描けてないかもしれないけど、先生はこんな顔をしてた。僕は昨日、愛した人と抱き合ったから、眠ってる先生は愛されたことを知ってるはずだよ」

肌を合わせた者が間違いなく凌を愛したことを、由多が伝える。

「起きたら忘れちゃった?」

問い掛けた肩の先で凌は、ずっと由多の描いた自分を見ていた。随分と凌は、考えていた。

「俺は生き直すのは無理だ」

きっと、由多とのこれからのことを、今自分の持たない手の中だけを見て凌が告げる。

「なら、今からを僕と生きて」

願いを、由多は声にした。

「黙っていても、明日は来るから」

ふと、由多はゆっくりと泥沼に沈むようだったという凌の時間に、自分がいて良かったと心から思えた。

「今日よりは少しでも幸せな明日に、行こうよ。僕が先生の手を引くね」

その時間にも由多は、きっと少しは凌を止められていた気がした。これからはもっと強い力で、凌を救い上げる。

ぼんやりと凌の指が、由多の描いた自分の瞼に触れた。木炭が少し指についたのに気づいて、絵を消すまいとするように凌が手を丸める。

「腕の中に抱いた由多は、大切で……傷つけたくなくて」

昨日の夜のことを、凌は胸に返していた。

「誰かを愛するっていう気持ちを、少しだけ思い出した気がした」

ほとんど独り言のような凌の言葉に、由多が一瞬、泣いてしまいそうになる。

けれど由多はもう、凌の前では泣かない。由多が泣けばきっと、それを己のせいと思って凌が自分を責めてしまう。

「いつか、先生も僕を描いて」

瞳を覗いて、急ぎはせず由多はせがんだ。

「好きな人を描くのは、すごく幸せだったから。もし、少しでも先生が僕を思ってくれることがあったら」

破顔する由多の、声が豊かに弾む。

「僕を描いてくれたら、嬉しい」

ずっと見て来たはずの由多の笑顔を、初めて見るように凌は見つめた。

「こんなに無防備な由多が、いつかまた誰かに傷つけられたら、俺にはもうできることがない」

投げられた明彦の言葉から、凌はまだ逃れきれずにいる。

「教えたのに」

覚えないのならば、何度でも繰り返そうと由多は思った。

「先生にさえ、もう僕を傷つけることはできないよ」

それを信じて、由多は疑いはしない。

「どんなときも、僕には愛する人がいるから」

明らかなそのわけも、由多にはわかっていた。

「由多」

名前を呼んでも、凌からは由多に触れようとしない。

「俺はおまえの愛に足る人間に、なれるだろうか」

自問する凌は、確かにそうなることを望んで、由多を見た。

昨日より今日、凌は間違いなく由多の愛を知っている。知っているから、凌は恐れている。

それに自分が、値しないことを。

静かに由多は、凌の髪を抱いた。由多の思いに怯《おび》える凌が、愛おしく切ない。

「もう先生は、何も心配しなくていいんだよ」

注がれたものに足りようとして、ほんの少しかもしれないけれどきっと凌は前を向いてくれた。けれど急には人は変われない。長いこと薄布を纏うようにして凌に包まれていた自分を、由多はまだ忘れていない。

幼子を守るように、由多は淩を胸に抱いた。

抱かれるまま、淩は由多の肌に頬を寄せている。時間を掛けて、二人の体温は一つになった。

やがて淩の指が、ゆっくりと由多の背を抱く。

背を確かに淩が抱いてくれているのに、少しだけ由多は目を閉じた。少しだけ安寧を得て、淩の髪に頬を寄せる。

淩を包む自分の腕が、まだ細くやわらかいことを由多は知っていたけれど、大切な人を抱くのに足らないとは思わなかった。

「朝を見に行こう？」

それでも、もう何も恐れないはずの声が、僅かに揺らぐ。

愛する人の全てを受け入れる怖さは、当たり前のものだと誰にも教えられないまま、笑って由多は淩に守られていた自分と完全に別れた。

一歩踏み出せばそこには、今度は由多が淩に渡す朝が青く澄んでいる。雨上がりの空の透明な美しさを、由多は淩に見せたかった。

もしも朝が翳《かげ》っても、愛することを教えてくれた人の手元を照らす光に、今度は自分がなればいい。

一緒に淩が歩き出してくれるのを、急がずにただ、由多は待った。

あとがき

こんにちは、菅野彰《すがのあきら》です。

お手にとっていただけて、とても嬉しいです。

この話は、「こういう話です」と説明しようと思ったら、一行で終わってしまいます。なので、読んでいただいてそれが届いたら、ただありがたいです。

由多の大学のモデルになっている学校には、二年ほど仕事で通いました。こんな感じでした。あの頃仕事で出会った学生たちや教授たちはどうしているのだろうと、今回久しぶりに思い出しました。

由多は、近くにいたら残念ながらとても迷惑な人です。凌は、近くにいても全く関わり合いになりたくない人です。

そんな二人ですが、もう書く機会も巡らないかもしれないと思うと、とても寂しい。そのくらいずっと身近に感じながら、書いていました。君たちとつきあうのはとてもしんどかったよ！

永遠にはやさしい彼女ができたらいいなと思います。賢人にも幸せになって欲しい。

美以のこれからは果てしなく不安。私の心のオアシスは亜紀でした。亜紀には色々設定があったのですが、そこには触れないまま書きました。

そして明彦なのですが。

私、こんな人、書けるのね……という新しい発見でした。このままにはしておきたくない感じです。

今回、驚くほど凡庸《ぼんよう》なタイトルがついていますが、最初からこのタイトルにしたいと決めていて、それを汲《く》んで通してくださった担当の山田さんに、とても感謝しています。「こんな話」であることが伝わるまでおつきあいくださいました。ありがとうございました。

そして、挿画を初めて高久尚子《たかくしょうこ》先生に担当していただいています。高久先生の絵に助けられて、由多や凌や、明彦が読んでくださった方々の元に届くのがとても楽しみです。本になる日を、心待ちにしています。ありがとうございました。

何より、最後のページまでおつきあいくださったみなさま、本当にありがとう。もしかしたら、途中で由多や凌を投げ出したくなったこともあったかと思います。書いている私も何度もなったので、ピリオドまで読んでいただけただけでもう充分ありがたいです。

また次の本で、お会いできたら幸いです。

夏の終わりを惜しみながら／菅野彰

この本を読んでのご意見、ご感想を編集部までお寄せください。

《あて先》〒105－8055　東京都港区芝大門2－2－1　徳間書店　キャラ編集部気付
「愛する」係

■初出一覧
愛する……書き下ろし

Chara

愛する

【キャラ文庫】

2015年9月30日　初刷

著者　菅野 彰
発行者　川田 修
発行所　株式会社徳間書店
〒105-8055　東京都港区芝大門2-2-1
電話　048-451-5960（販売部）
03-5403-4348（編集部）
振替　00140-0-44392

印刷・製本　株式会社廣済堂
カバー・口絵
デザイン　百足屋ユウコ＋中野弥生（ムシカゴグラフィクス）

ISBN978-4-19-900812-2

キャラ文庫最新刊

愛する

菅野 彰
イラスト✦高久尚子

思春期に苛めに遭った由多《ゆた》。そんな由多を救ってくれたのは、絵画教室の講師・凌《りょう》だ。全てを肯定してくれる凌に告白したけれど…!?

悪癖でもしかたない

中原一也
イラスト✦高緒 拾

辣腕仕手師の伏見《ふしみ》とのコンビで組に重宝されている経済ヤクザの鬼島《きじま》。ある日、唯一の弱点である弟に、ヤクザだとバレてしまい…!?

彼の部屋

渡海奈穂
イラスト✦乃一ミクロ

「藤森《ふじもり》さんの部屋、出るよ」同じビルに勤める江利《えり》に不吉な宣告をされた藤森。霊感ゼロなのに、なぜか江利と一緒に幽霊退治を…!?

10月新刊のお知らせ

火崎 勇　イラスト✦水名瀬雅良　[夢よりも愛しくて(仮)]
樋口美沙緒　イラスト✦yoco　[檻の中の王(仮)]
夜光 花　イラスト✦湖水きよ　[バグ③]

10/27(火)発売予定